L'ENVOL DE L'ABÎME

Du même auteur dans la même collection :

« Le Souffle d'Eole »,
nouvelle en collaboration avec Alain Grousset
parue dans *Graines de futurs* (n° 1)

« Les Chiens de mer »,
nouvelle parue dans *Demain la Terre* (n° 17)

La Trilogie des Abîmes
Les Abîmes d'Autremer, tome 1 (n° 5)
Grand Prix de l'Imaginaire 2002
Prix Leclerc du roman Jeunesse 2002 du Salon de Rueil-Malmaison
Prix Chronos 2003 (cat. 4e-3e)
Prix Alizé des collégiens de Vienne (cat. 4e-3e)
L'Envol de l'Abîme, tome 2 (n° 25)
L'Appel des Abîmes, tome 3 (à paraître en octobre 2005)

Collection dirigée par Denis Guiot
Couverture illustrée par Manchu

Remerciements évidents à Vangelis et à Hans Zimmer,
dont les bandes originales de films ont généré les images de ce texte.

Participation à l'ouvrage : Chloé Chauveau
et Dominique Montembault
Mise en pages : Studio Michel Pluvinage

Loi n° 49-956 du 16 juillet 1949
sur les publications destinées à la jeunesse
Dépôt légal : mai 2004

ISBN : 2 7404 1750-0

L'ENVOL DE L'ABÎME

Trilogie des Abîmes, tome 2

Danielle Martinigol

MANGO

« […] semblable à cent mille autres. Mais j'en ai fait mon ami, et il est maintenant unique au monde. »

Le Petit Prince, Antoine de Saint-Exupéry

À Élisabeth, en attendant les nuages

Personnages

Originaires de la planète Djauze
Corian Jon-Scalia, 16 ans
Djem Rand-Soroly, 13 ans

Famille Maguelonne
Madery Maguelonne, 85 ans (perl de l'Abîme Atan-koï)
Melvin Maguelonne, fils de Madery, décédé (ancien perl de l'Abîme Jiu-kam)
Paul Maguelonne, fils de Madery, 43 ans (perl de la Bathy Waka-peï, décédée)
Mel Maguelonne, fils de Melvin, 33 ans (perl de l'Abîme Tsan-kur)
Sandiane Maguelonne, épouse de Mel, 31 ans, (perl de l'Abîme Mané-jeï)
Aëla Maguelonne, fille de Sandiane et de Mel, 9 ans

Famille Kelleven
Paz Kelleven, contrôleur en chef du centre spatial d'Obériel

Vilma Kelleven, son épouse

Manault, leur fille aînée, épouse de Paul Maguelonne

Eviana, leur fille cadette, capitaine en second de l'Abîme Mané-jeï

Membres de Cosmo World Vision (CWV) et d'AGT

Nachit Norris, directeur de la chaîne CWV

Myto Meretta, présentateur de l'émission *Les Vainqueurs de l'Impossible*

Béla Dorre, cadreuse

Marcus Zour (perl de l'Abîme Elann-ril)

I

Une arrivée mouvementée

Au fur et à mesure de l'exploration de la Galaxie, la communauté humaine ne cesse de s'agrandir. La Confédération des Cent Mondes, appelée aussi l'Essaim, devrait changer de nom car on dénombre aujourd'hui cent cinquante planètes habitées. Officiellement, seuls les mondes entièrement cartographiés sont ouverts à la colonisation. En réalité, sur plusieurs planètes à peine explorées, une occupation clandestine importante échappe à tout contrôle. Ainsi en est-il de Djauze, planète particulièrement hostile gravitant autour de l'étoile Herculis 14.

Encyclopedia galactica

Corian attendait la déchirure. Depuis une demiheure, il guettait au-dessus de lui la distorsion de l'espace qui annoncerait l'arrivée d'un Abîme. Le garçon restait les yeux rivés sur le ciel, visière relevée, au risque de laisser les bulles de brume rouge pénétrer dans son casque. Le brouillard avait fait son apparition plus tôt que prévu. Comme par un fait exprès ! De sa main gantée, l'adolescent chassa les bulles avec agacement lorsque les premières d'entre elles montèrent jusqu'à son visage. Si son père l'avait vu ainsi, casque ouvert en plein milieu d'une marée montante de brume, il aurait hurlé devant son inconscience.

Mais son père n'était pas là, ni personne d'autre. Il était seul au milieu de l'océan Dragon sur sa barge de récolte. Son travail était achevé depuis longtemps. Il l'avait expédié pour se consacrer entièrement à son observation : un Abîme devait émerger dans le ciel de Djauze à dix-huit heures. La brume rouge se levait d'ordinaire vers dix-huit heures trente, mais ce soir la marée de gaz du Dragon avait pétillé plus tôt que d'habitude… à moins que l'Abîme ne fût en retard ?

Impossible. Les Abîmes étaient les vaisseaux spatiaux les plus sûrs de la Galaxie. Corian se passionnait pour eux depuis tout petit. Originaires d'Autremer, la planète-océan de l'Essaim, ces mastodontes de l'espace sillonnaient les routes entre les étoiles avec une fiabilité que tous les autres vaisseaux, même les plus performants de la compagnie TransCorp, ne parvenaient pas à égaler.

« Laisse tomber tes rêves, Corian, grondait son père lorsqu'il le voyait devant son ordicom connecté au Réseau à la recherche de nouvelles infos sur les Abîmes. Djauze est un des dépotoirs de l'univers. Tu espères quoi ? Qu'un Abîme va venir te chercher ? » Corian ne répondait jamais à ce genre de provocation.

Son père haussait alors les épaules et faisait demi-tour, le pas alourdi par le poids de sa combinaison de protection, marmonnant dans sa barbe: « De toutes façons, il n'en viendra jamais un sur Djauze. »

Son père avait tort. Un Abîme avait annoncé sa venue sur leur monde. Corian l'avait appris en se connectant sur le MégaRés[1]. Le garçon attendait cet événement depuis seize ans. Enfin, pas vraiment... Il ne s'était tout de même pas intéressé aux Abîmes d'Autremer dès sa naissance! Quoique... sa mère ayant voyagé dans un Abîme lorsqu'elle était enceinte de lui, il se plaisait à penser qu'il avait été marqué dès ce moment privilégié.

Corian ferma les yeux un instant. Il s'imagina dirigeant à mains nues un de ces géants de l'espace. Ah... être *perl*... puisque ainsi nommait-on les pilotes d'Abîme.

Un pétillement tout proche le fit réagir. D'un coup sec, il rabattit la visière de son casque, coinçant juste à temps une bulle du Dragon dans la charnière. Elle explosa, et instantanément une flamme lécha la vitre de protection... côté extérieur. Ouf! Il l'avait échappé belle. Celle-là aurait bien pu lui brûler les yeux. Ramené d'un coup aux réalités de l'environnement hostile autour de lui (des bulles de gaz qui s'enflammaient au moindre contact avec du métal), il se pencha vers les rames et, d'un coup énergique, mit la

---

1. MégaRés: Méga Réseau informatique qui relie les Cent Mondes en temps réel direct.

barge de récolte en mouvement. Le bateau antigravitation glissa sur l'océan de bulles rouges qui éclatèrent en mille petites flammes autour de la coque. Le Dragon ! Cet océan maudit portait bien son nom.

Des larmes picotèrent les yeux de Corian. Il aurait aimé se persuader qu'il n'y avait là qu'une réaction naturelle aux quelques molécules de gaz putride entrées dans le casque au moment de l'explosion de la bulle, mais au fond de lui l'adolescent devait bien s'avouer la vérité : il était déçu, intensément, effroyablement déçu. L'Abîme n'était pas venu. D'un geste rageur, il claqua la rame droite de la barge sur la surface de l'eau, déclenchant un incendie qui se rua à l'assaut de l'alliage spécial constituant la coque de la barge.

— Brûle, saleté ! hurla le garçon en tapant à nouveau. Si seulement je pouvais te faire griller tout entier jusqu'aux tréfonds de tes vases pour te réduire en cendres !

Il fouetta ainsi l'océan d'acide jusqu'à ce que les flammes commencent à s'attaquer aux coquelianes qu'il avait eu tant de mal à récolter avec son grappin le long de la côte. Alors il s'arrêta. S'il détruisait la récolte du jour, son père le maudirait. Ce n'était pas sa colère qu'il craignait. Les reproches pleuvraient sur son dos… baste, il avait l'habitude. Non. Ce dont il avait peur, c'était que son père le prive de son ordicom. Car sans son ordinateur connecté à l'immense toile informatique du MégaRés, Corian Jon-Scalia aurait encore mille fois plus haï Djauze. « Tu es djauzan, et tu le resteras », affirmait Osmond, son père.

— Rien de moins sûr, gronda le garçon en redonnant à ses rames un rythme normal. Que les colons djauzans clandestins crèvent ici s'ils le veulent. Ma mère était agorienne, et un jour on reconnaîtra mon statut.

PorNoir était en vue. Il imprima un mouvement plus rapide à ses rames. Une fois la récolte déchargée et mise à sécher, il se connecterait sur son site favori, mille fois visité, celui de l'UPAA, l'Union des perls des Abîmes d'Autremer.

Corian dormait lorsque l'Abîme émergea enfin de l'hyperespace. La tour de contrôle du petit astroport de Djauze était en sous-effectif, et, quand une voix grésilla dans le casque du seul contrôleur présent, l'homme sursauta. À demi assoupi, il ne s'attendait visiblement pas à une arrivée aussi tardive.

— *Ici la capitaine en second, Eviana Kelleven, à bord de l'Abîme Mané-jeï, pilotée par la perl Sandiane Maguelonne. Est-ce que vous me recevez ?*

L'homme se redressa. Chrone ! L'Abîme d'Autremer que tout le monde avait attendu dans la soirée débarquait à deux heures du matin, et le comité d'accueil dormait à poings fermés !

La voix insista.

— *Djauze, est-ce que vous me recevez ?*

— Cinq sur cinq, capitaine Kelleven.

— *Vous n'avez pas de balises spatiales d'atterrissage sur ce monde ?*

Le contrôleur du ciel eut un rictus amer.

—Bienvenue sur Djauze, mesdames, susurra-t-il dans son micro.

Il y eut un petit silence. L'homme savait que la pilote entendait tout, même si seule la capitaine en second lui parlait.

—*Donnez-nous vos instructions*, reprit Eviana Kelleven. *Comme il est impossible d'amerrir sur votre planète, notre perl a positionné son Abîme en orbite basse pour nous permettre de descendre en navette. J'attends vos coordonnées par système vocal pour rejoindre PorNoir. Un... brouillage perturbe nos transmissions informatiques.*

Un « brouillage » ? L'homme gloussa avec mépris. Ces femmes ignoraient donc les effets pervers des bulles du Dragon. Pourquoi croyaient-elles qu'on leur avait conseillé d'arriver dans cette région de Djauze avant dix-huit heures ? Ces nantis d'Autremer... Toujours aussi peu au courant du reste des mondes !

L'homme attrapa une feuille où il avait noté des codes. Il énonça une série de chiffres et de lettres dans son micro.

Une voix confirma la réception.

—*Largage de la navette. Nous reprendrons contact avec vous pour l'atterrissage à PorNoir*, annonça la capitaine Kelleven.

—Bien reçu.

L'homme coupa la communication et se rejeta dans son fauteuil. Après avoir pris le temps de se frotter les yeux pour en chasser le sommeil, il se connecta sur la ligne visio de son supérieur hiérarchique. Surpris en pleine nuit, le patron n'allait pas apprécier la triste farce. Que s'était-il donc passé pour que cet Abîme arrive avec autant de retard ?

Au bout d'un quart d'heure, après avoir prévenu les autorités de l'arrivée imminente des Autremeriens, l'homme se laissa aller contre son dossier. Ses yeux tombèrent alors sur la feuille des codes transmis à la capitaine Kelleven. Le sang du contrôleur ne fit qu'un tour. La date inscrite en haut de la feuille était celle de la veille.

— Bordée de bugs ! jura-t-il en bondissant sur ses pieds. Ce n'est pas possible !

Il fouilla en hâte sur le bureau et trouva la bonne fiche avec les données informatiques correctes. Il crut que ses jugulaires allaient exploser tellement sa tension monta. Il regarda sa montre, puis la trace de la navette sur son écran radar. Trop tard ! Impossible d'entrer à nouveau en contact avec l'équipage. À basse altitude, le brouillard pourpre interdisait même les transmissions audio. La navette amorçait son entrée dans l'atmosphère, non pas en direction de PorNoir mais... droit sur l'océan Dragon ! À cette heure, la marée était à son maximum et les bulles de gaz mortel atteignaient plusieurs kilomètres de hauteur. Dans quelques instants, l'environnement de la navette serait un enfer.

Sandiane regardait par le hublot de la navette, les

yeux perdus dans l'obscurité vaguement rougeoyante. Plongée dans ses pensées, elle laissait ses coéquipiers s'occuper de la manœuvre. Elle ne parvenait pas à oublier la discussion houleuse à laquelle elle avait assisté sur Agora, la planète gouvernementale, entre Mel, son mari, et Nachit Norris, son ex-patron. Sandiane s'était trouvée coincée entre le marteau et l'enclume. Autrefois, elle avait été grand reporter pour Nachit Norris et, en tant qu'ancienne collaboratrice, elle comprenait la position de celui-ci.

Nachit Norris, ancien directeur de CosmoNet infos, présidait désormais une puissante chaîne de cosmovision : CWV, Cosmo World Vision. Depuis qu'il était à la tête d'un des médias les plus puissants de la Galaxie, Nachit avait changé. Le pouvoir, sans doute… La belle amitié qui l'avait uni naguère à Sandiane et à Mel semblait bien loin[2] ! Désormais, Nachit était prêt à tout pour proposer de nouvelles images, de nouveaux concepts. Dans ce but, il venait de décrocher le gros lot : produire une émission choc de cosmo-réalité sur Autremer !

Sandiane et Mel en étaient restés sans voix. La planète des Abîmes était à l'écart du reste des mondes. Ses habitants étaient farouches et préféraient vivre loin des médias. Le fait que Nachit, qu'ils croyaient de leur côté, ait bataillé dur auprès de la Chambre des Cent Mondes pour atteindre son but avait blessé Sandiane et mis Mel dans une rage folle.

---

2. Voir *Les Abîmes d'Autremer*, même auteur, même collection (n° 5).

Mel Maguelonne était pilote d'Abîme, tout comme sa femme. De plus, il était président de l'UPAA, l'Union des perls des Abîmes d'Autremer. À ce titre, il ne s'était pas gêné pour dire en face à Nachit ce qu'il pensait de sa future émission pompeusement intitulée *Les Vainqueurs de l'Impossible.* « Tu ne pouvais pas inventer autre chose qu'une émission débile, étalant nos Abîmes comme de la viande à scandale ? » s'était-il écrié. « Les temps ont changé, Mel, avait rétorqué Nachit. Elle est finie l'époque où vous restiez bien planqués dans votre cocon. De nos jours, tout le monde a le droit de tout voir. De vivre en direct la vie des autres. Vous ne pouvez plus empêcher les jeunes des Cent Mondes de tenter leur chance sur Autremer, pas plus que vous n'avez le droit de priver vos enfants du reste de l'Essaim. Tu devrais penser à cela en regardant grandir ta fille, Aëla. »

Aëla… Sandiane respira lentement, essayant de se détendre, de chasser sa nervosité. Aëla avait neuf ans, presque dix suivant le calendrier terrien. Enfant précoce, étrange, la fillette était un sujet de souci permanent pour sa mère. Que dirait-elle lorsqu'elle apprendrait qu'une chaîne de cosmovision allait venir filmer la vie intime des Abîmes en long en large et en travers ? Une fois de plus, son joli petit visage se fermerait et elle s'enfoncerait davantage dans son mutisme.

Sandiane soupira. Quelle chiourme !

La jeune femme s'obstinait à penser que sa fille était née pour être perl, mais Aëla ne voulait rien entendre.

Mère et fille en étaient arrivées au blocage total. La situation s'aggravait de jour en jour, et Sandiane vivait cela avec exaspération et douleur.

Mel, lui, était beaucoup plus conciliant. Même si, comme Sandiane, il n'osait imaginer de pouvoir vivre sans son Abîme, il clamait haut et fort qu'il fallait laisser Aëla choisir: « Elle a le droit de ne pas avoir les mêmes rêves que nous », disait-il. Mais Sandiane rétorquait : « Elle est faite pour être perl. N'importe qui le verrait ! Les Abîmes l'adorent ! Elle n'en aurait pas un à elle ? » « Tu es comme ton père ! grondait Mel, Sten Ravna aussi voulait te modeler à son image ! »

Devant de telles réflexions, Sandiane se mordait les lèvres de dépit.

Elle rouvrit les yeux et cligna des paupières car quelques larmes venaient. Cinq mois après la disparition tragique de son père, la peine était toujours la même. Sandiane avait fait équipe autrefois avec lui, célèbre grand reporter sur toutes les chaînes de cosmo. Ensuite, à cause d'un désaccord, elle avait travaillé en free lance pour Nachit Norris. Or, récemment, Sten avait disparu lors d'un reportage. Son hélijet s'était écrasé dans l'océan de la planète Marlone. À cause de leur différend, sa fille l'avait peu revu. Elle s'en voulait beaucoup de ne pas avoir su réellement pardonner.

Nachit, Aëla, Sten…

Décidément, Sandiane Maguelonne ne parvenait pas à dominer ses soucis. Il lui avait même fallu faire une halte pendant le voyage entre Agora et Djauze car

Mané-jeï, sa grande Abîme, victime de l'agitation intérieure de sa perl, avait fait une erreur de trajectoire. Du coup, le vaisseau était arrivé en retard sur la planète du Dragon.

Un cri violent poussé par Eviana Kelleven ramena la jeune femme à la réalité.

— Nous plongeons droit vers l'océan rouge !

Sandiane se redressa. Les deux femmes échangèrent un regard rapide. Comment des colons pouvaient-ils vivre avec une telle menace permanente ? Des marées ascendantes de gaz mortels jaillissant toutes les nuits…

— À notre contact le gaz va s'enflammer, continua Eviana d'une voix hachée. Déjà que notre coque est brûlante par l'entrée dans l'atmosphère… On va se transformer en torche !

L'équipage s'activait. Les visages étaient graves.

— Chrone, jura le navigateur. On y va tout droit. Mais quelles coordonnées la tour de contrôle nous a-t-elle transmises ? Ils voulaient notre mort ou quoi ? Impossible de modifier la trajectoire. Tout est bloqué à cause de ce foutu brouillage.

— Mané-jeï… murmura Sandiane en pensant à son Abîme restée seule, là-haut, en attente. Il faut que je contacte Mané-jeï.

— Comment ? Les communications ne passent pas.

— Il faut essayer. Ma nanocam est à bord de l'Abîme. Elle peut recevoir des images… Et j'ai un objectif pixelon sur moi.

En ce qui concernait les caméras-nanotech, les images et leur transmission, Sandiane Maguelonne était la meilleure. Une pro imbattable. Hélas, depuis la mort de son père et ses soucis avec sa fille, elle ne filmait presque plus. Dire que pendant des années elle avait tourné avec sa volcam[3] des reportages passionnant la Galaxie entière ! Aujourd'hui, elle disposait d'un matériel dernier cri, issu de la nanotechnologie. Sa nanocam était un bijou, capable de prouesses à distance grâce à des objectifs pixelons à peine visibles à l'œil nu.

— Si tu penses pouvoir faire quelque chose, Sandiane, fais-le vite !

Sandiane sortit un minuscule tube d'acier de sa poche.

— C'est possible de larguer ce pixelon par un sas ? demanda-t-elle.

Eviana fit signe que oui.

Sandiane approcha le petit objectif de sa bouche et ordonna :

— Plan en plongée sur la navette. Transmission vers ma nanocam pour projection directe dans le cervœil de Mané-jeï.

La jeune femme posa le pixelon dans un emplacement qu'Eviana lui désigna. Un instant plus tard, le sas s'ouvrait sur l'extérieur et le nanobjectif, restructurant ses molécules pour résister au feu du Dragon, grimpa immédiatement en direction de la haute atmo-

3. Volcam : caméra volante en antigravitation.

sphère. Le boîtier de commandes fixé au poignet de Sandiane clignota, preuve que la transmission s'effectuait en direction de la nanocam restée à l'intérieur de l'Abîme.

— J'espère que Mané-jeï va accepter la projection de ces images directement dans son cervœil, murmura Sandiane.

De sinistres craquements commençaient à se faire entendre en plus des sifflements de la descente mortelle de la navette vers l'océan Dragon.

Dans l'habitacle, où la température avait brutalement augmenté de plusieurs degrés, chacun se taisait. Nul ne doutait de l'incroyable complicité qui liait la perl Sandiane Maguelonne à son Abîme, mais les membres d'équipage se demandaient quel miracle allait bien pouvoir accomplir le vaisseau-animal pour les sauver des torrents de feu générés par le Dragon.

2
Auditions

J'ai toujours su que les Abîmes d'Autremer étaient des vaisseaux vivants. Enfant, je caressais les animaux autour de moi en me disant : « Sont-ils comme les Abîmes d'Autremer ? Attendent-ils que j'entre en contact avec eux pour se métamorphoser ? » Plus tard, j'ai appris que les Abîmes ne se métamorphosent pas mais évoluent, passant de l'état de Bathys, bébés Abîmes dans les mers de leur planète, à celui d'Abîmes, immenses vaisseaux capables de traverser l'espace interstellaire. Le jour où j'ai découvert l'amour qui lie un perl à son vaisseau vivant, j'ai su que je ferais tout pour vivre cela.

Une Vie au service d'un rêve,
mémoires de Corian Jon-Scalia

Djem déboula dans la chambre de Corian en sautant à pieds joints depuis le rebord de la fenêtre, qu'il venait littéralement d'enfoncer d'un coup de botte.

— Réveille-toi ! cria-t-il. Il se passe un truc complètement fou.

Après avoir sursauté violemment, Corian s'assit sur son lit, le regard halluciné. Il cligna des yeux dans la lumière de la torche que Djem lui braquait en pleine figure.

— Quoi ? Qu'est-ce qui se passe ? Quelle heure est-il ?

— Deux heures et demie. Je crois bien que ton fameux Abîme est en train d'arriver. La tour de contrôle a prévenu mon père.

Corian fronça les sourcils, fit un geste rageur pour que Djem détourne le faisceau de sa torche et se leva.

— Où ça ? demanda-t-il en tournant la tête vers la fenêtre.

— Au-dessus de la ville-digue. C'est incroyable. Viens vite.

Corian bondit vers sa combinaison et l'enfila à la hâte. Il prit tout de même le temps de fermer les attaches magnétiques de sa tenue. Aucun Djauzan ne serait sorti de sa maison sans son vêtement de protection. Djem portait le sien, même s'il n'avait eu que deux kilomètres à descendre entre la fenêtre de sa chambre et celle de Corian. Alors que Djem vivait dans les hauteurs de la ville, dans un bel immeuble flottant en antigravitation loin des dangers du Dragon, Corian, lui, vivait dans les quartiers scratch, les maisons accrochées à même le sol, près des gaz et des flammes. Deux niveaux, deux mondes, deux amis. Envers et contre tout.

Djem était venu en scoograv. Au moment où le père de Corian entrait dans la chambre, ahuri lui aussi par ce réveil en fanfare, son fils montait sur le siège arrière. Il cria pour retenir Corian... Trop tard. Le scooter antigrav démarrait en trombe. Djem louvoya dans les ruelles du quartier-bas endormi et se dirigea vers les limites de PorNoir. Cette partie était surnommée la ville-digue en raison des immenses quais qui bordaient l'océan rouge. Lorsque les deux garçons approchèrent du rivage, Corian aperçut une traînée de feu dans le ciel nocturne. Le garçon comprit que le Dragon s'apprêtait à dévorer, là-bas au large, quelque chose qui entrait à pleine vitesse dans l'atmosphère viciée de Djauze. Plus haut, un phénomène étrange était en train de se produire. Une déchirure de l'espace... LA déchirure que Corian avait attendue en vain sur sa barge de récolte en fin d'après-midi. Le cœur de l'adolescent fit un bond. Seul un Abîme d'Autremer pouvait créer une pareille distorsion. Et si de telles ondes lumineuses éclairaient le ciel de Djauze, cela signifiait qu'un Abîme était en train de générer là-haut un phénomène de stase[4].

—Tu vois ça? C'est superbe! s'exclama Djem quand il eut immobilisé son scoograv.

Corian ne répondit pas tout de suite. Il ne quittait pas le ciel des yeux, portant son regard alternativement sur la trace de feu et sur le tourbillon de lumière dans la haute atmosphère.

—Il se passe quelque chose de bizarre, dit-il enfin. La distorsion lumineuse devrait disparaître, or elle se prolonge. On dirait même qu'elle s'amplifie.

---

4. Stase : processus consistant à replier l'espace pour passer instantanément d'un endroit à un autre.

— Quoi que ce soit, il faut filmer ça, asséna Djem en sortant une volcam de son sac à dos.

Il lâcha la caméra, qui vint sagement se positionner au niveau de son épaule. Le garçon se tourna légèrement vers elle et lui donna l'ordre de filmer. Obéissante, la caméra volante se mit à ronronner imperceptiblement.

— Je n'arrive pas à y croire… dit Corian dans un souffle.

— Tu le savais pourtant qu'un Abîme d'Autremer avait annoncé sa venue ? Tu l'as assez attendu !

— Non, ce n'est pas ça. Je ne parle pas de sa venue. Je parle de ce qu'il est en train de faire.

— Quoi ? Que fait-il ? Il sort de l'hyperespace, non ?

— Pas du tout. Il a dû en émerger depuis un bon moment déjà. Non, là, il recrée un effet de stase sans bouger, uniquement pour former cette sorte de tourbillon qui va aspirer la navette.

— La navette ? répéta Djem.

Corian tendit le doigt. Le trait incandescent dans le ciel était progressivement rejoint par la turbulence lumineuse générée par l'Abîme. Bientôt, la navette ralentit, se trouva comme engluée dans le cône brillant et, au lieu de continuer à tomber vers la gueule vorace du Dragon, elle s'immobilisa avant de remonter doucement vers la haute atmosphère.

— Chrone ! s'écria Djem, tu as raison ! L'Abîme aspire la navette.

— Il la met à l'abri, confirma Corian.

Il se tut un instant. Le temps d'avaler pour faire

passer la boule d'émotion qui lui obstruait la gorge.

—C'est génial ! jubila Djem en poussant la caméra face à eux pour vérifier qu'elle filmait toujours.

Corian eut un geste d'évidence.

—C'est un Abîme, dit-il, peut-être une Abîme si c'est une femelle. En tout cas, il ou elle vient de sauver l'équipage de la navette d'une mort certaine dans le ventre du Dragon.

Sandiane refusa de descendre à la surface de Djauze. Elle ne voulait pas quitter Mané-jeï tant que l'Abîme ne serait pas entièrement remise des fatigues que lui avait occasionnées cet océan maudit. Eviana Kelleven rencontra donc seule les notables de Djauze. Ces derniers furent déçus, mais nul n'osa insister. Chacun était conscient que l'accident aurait pu être dramatique sans l'intervention quasi miraculeuse du vaisseau pour sauver son équipage. De plus, tout le monde savait, et ceci depuis des années, que les perls ne sont pas particulièrement démonstratifs.

Sandiane Maguelonne apparaissait différente des autres car elle était la première femme étrangère à Autremer à avoir accédé à la noble fonction de pilote d'Abîme, mais tout le monde avait remarqué qu'elle se faisait discrète ces derniers temps. On n'entendait pratiquement plus parler d'elle.

—Madame Maguelonne aurait-elle des problèmes qui nous valent de ne plus visionner, comme autrefois, ses incroyables reportages sur le MégaRés ? demanda le ministre de l'Information.

Eviana Kelleven prit le temps de boire une gorgée de son cocktail avant de répondre.

—La famille Maguelonne se consacre énormément à la promotion d'Autremer vers l'extérieur. Vous savez tout comme moi qu'après la révélation de la véritable nature des Abîmes…

—Plus de quinze ans déjà, la coupa le ministre. Quelle révolution quand l'Essaim a appris que ces vaisseaux mythiques étaient vivants ! J'étais tout jeune en politique à l'époque, mais je me souviens parfaitement des premiers débats à la CCME[5] lorsqu'il a été question de la parité en ce qui concerne les pilotes autremeriens et ceux venus d'ailleurs.

Eviana Kelleven eut une petite moue. Les perls avaient mis longtemps à admettre que les pilotes d'Abîmes puissent être originaires d'autres mondes qu'Autremer. La pilule avait été dure à avaler, mais ils s'y étaient faits.

—Que pensez-vous de la nouvelle loi de la CCME qui autorise une chaîne de cosmovision à parrainer cinquante candidats ? susurra obséquieusement le ministre. Ça va bouleverser vos habitudes, non ?

Eviana répondit sans cacher son agacement.

—Les Abîmes choisissent qui ils veulent, qui ils aiment, qui les aime, lors de l'épreuve d'osmose. Parrainés ou non.

—Ah, l'osmose ! ironisa le ministre. Ce moment unique où un bébé Abîme choisit celui qui sera son

5. CCME : Chambre des Cent Mondes de l'Essaim ; gouvernement de la fédération humaine.

perl… D'ailleurs, j'ai quelqu'un à vous proposer. Vous êtes bien là pour ça, si je ne m'abuse ? Ce voyage que vous faites à travers notre quadrant de la Galaxie a bien lieu pour sélectionner un candidat djauzan pour la prochaine épreuve d'osmose, non ?

La capitaine retint un soupir. Elle faisait tourner nerveusement son verre, maintenant vide, entre ses doigts. Que répondre à cet enquiquineur ? Oui, hélas, Mané-jeï et son équipage étaient bien en mission de « racolage » comme le disait amèrement Mel Maguelonne. Rares étaient les perls qui avaient répondu positivement à la requête du délégué Jankiel, le gouverneur d'Autremer. « Sélectionnez notre quota de candidats perls le plus vite possible. Tant que nous avons encore la priorité, profitons-en. Ensuite, nous laisserons les recruteurs de CWV chercher leurs cinquante postulants. Sous l'œil de leurs maudites caméras », avait conclu l'Autremerien.

—Vous êtes les premiers à venir sur Djauze, admit le ministre.

—Cette nouvelle loi nous autorise à précéder les recruteurs de CWV, lança la capitaine.

—Donc, si ce n'est pas vous qui auditionnez mon candidat, ironisa le ministre, je le présenterai aux suivants.

Cette fois, Eviana Kelleven laissa échapper son soupir. On y était. Voilà la tournure que prendraient les événements à l'avenir. Un notable local quelconque finirait invariablement par une menace à peine déguisée du genre : si vous n'auditionnez pas le postulant perl que j'ai à vous proposer, je ferai remonter à la CCME l'information comme quoi les Autremeriens refusent de tester les jeunes de certains mondes.

Chrone ! jura intérieurement la capitaine.

—Et qui est ce futur perl ? demanda-t-elle glaciale.

—Mon fils, Djem.

—Toi ? répéta Corian incrédule.

Djem hocha la tête.

—Mon père veut absolument que j'y aille.

—Mais… tu… n'as jamais…

—Manifesté le désir de devenir perl ? Pas du tout, non. Tu penses peut-être que ça gêne mon père ? Tout ce qu'il voit, c'est la notoriété qui va avec. Un moyen de sortir de l'anonymat où le maintient son petit rôle de ministre sur Djauze. De toutes façons, je n'irai pas. C'est toi qui vas y aller à ma place.

Corian manqua s'étouffer de stupéfaction.

—Moi ?

—Bien sûr. Toi, tu rêves de devenir perl depuis bien avant que je ne te connaisse. Ce n'est pas ça que tu veux ?

Corian se mordit les lèvres. Évidemment qu'il le voulait, mais c'était un rêve, quelque chose qui semblait inaccessible, qui n'était pas pour lui, le clandestin, le petit ramasseur de coquelianes du Dragon. Lui était en bas de l'échelle, un maudit dans le dépotoir des Cent Mondes comme disait son père. Les Abîmes étaient en haut, si haut dans le firmament qu'ils l'éblouissaient.

— Qui ne dit mot consent ! conclut Djem. J'ai tout arrangé. Tu vas prendre ma place à l'entretien de sélection qui aura lieu demain. Tu iras avec mon scoograv. Le transpondeur du centre reconnaîtra le véhicule et tu te gareras au parking de mon père. La salle où ont lieu les entretiens est au rez-de-digue. Tu auras mon idicarte au poignet. Avec un peu de chance, ils ne chercheront pas à vérifier les identités autrement que par les idicartes. Il y a dix candidats. J'ai le numéro huit. Le seul problème, c'est notre différence d'âge.

Corian fixait Djem comme s'il était en train de dévoiler un plan concernant quelqu'un d'autre.

— Tu es plus vieux que moi, insista Djem. Je te rappelle que je n'ai que treize ans, moi.

— Et alors ? finit par demander Corian.

— Faudra prendre un air gamin, mon vieux. Hier soir, au cocktail, la capitaine qui fait passer les tests a dit à mon père que les Autremeriens n'aimaient pas recruter des aspirants perls au-dessus de quinze ans.

Eviana Kelleven était assise à une petite table grise dans une salle lugubre à la lumière blafarde. Djauze ne brillait pas par la qualité de ses candidats. Elle venait d'en voir sept qui ne l'avaient absolument pas convaincue. Comment ces jeunes pouvaient-ils espérer être présentés à une tentative d'osmose avec un Bathy en donnant des réponses du genre « Je le nourrirai moi-même… » alors que les Abîmes puisaient leur force dans l'énergie des soleils ! Un garçon avait même eu l'aplomb de dire : « J'ai gagné des courses de scoo-

gravs, je n'aurai pas peur de la vitesse dans le vide. »
Ce gamin savait-il qu'un Abîme parcourait en stase des milliers d'années-lumière en quelques secondes ?

— Numéro 8, annonça-t-elle en direction de la porte.

Une petite frimousse à la chevelure frisée passa le joli bout de son nez dans l'entrebâillement.

— Il vient de partir, dit-elle.

Devant la moue d'incompréhension de la capitaine, l'adolescente expliqua :

— L'idicarte ne lui appartenait pas. La sécurité l'a viré.

— Eh bien entre, toi, dit Eviana Kelleven. Assieds-toi et dis-moi où tu irais te réfugier si tu devais te cacher.

La question déconcerta la fillette.

— On ne fait pas des tests de sélection pour être perl ?

— Si, cette question en fait partie.

L'enfant fronça son petit nez et, après réflexion, répondit :

— Sous les plaques additionnelles ventrales ?

En entendant ça, Eviana Kelleven béa d'incrédulité, puis, l'instant de stupeur passé, elle demanda :

— Où es-tu allée chercher une telle réponse ?

La fillette rougit puis, baissant les yeux, elle murmura, soudain au bord des larmes :

— Mes parents m'ont obligée à venir. Je n'ai jamais vu d'Abîme, je ne sais même pas ce que font les perls. Alors, alors… je me suis servie de ce qu'il y avait marqué sur la feuille du garçon.

— Quel garçon ?

— Le candidat numéro 8, celui que la sécurité a renvoyé. Pendant que les autres passaient devant vous, il écrivait. Quand le garde est venu le chercher, il a froissé sa feuille et l'a jetée sous la chaise. Je l'ai ramassée.

Elle se leva et tendit un morceau de papier tout chiffonné. Eviana Kelleven le déplia et lut :

> Si j'étais le perl de l'Abîme qui a sauvé son équipage avant-hier soir du feu du Dragon, je rentrerais sur Autremer pour le faire amerrir en zone rhéatine près des chantiers navals. Je le ferais rouler sur le dos pour vérifier que les gaz du Dragon ne se sont pas infiltrés sous ses plaques additionnelles ventrales. Je vérifierais tout, millimètre par millimètre, ensuite je caresserais le corps de mon Abîme sous une des plaques pour lui dire combien je l'aime, puis je le laisserais décoller, lui offrant la liberté dans les cieux de son monde natal. Et jusqu'à ce qu'il revienne, je l'attendrais, heureux d'être à lui.

La capitaine regarda à nouveau la fillette qui se dandinait d'un pied sur l'autre, ne sachant quelle contenance prendre. Eviana se dit qu'il lui fallait poursuivre l'entretien avec cette poupée frisée, qu'elle devait aussi recevoir le dernier candidat car, si elle ne le faisait pas, on accuserait les Autremeriens de fausser les règles de sélection…

Elle activa son com de poignet et dit :

— Sécurité ? Ramenez-moi le garçon que vous venez de renvoyer.

Puis elle scanna le document et l'envoya à Sandiane.

Sandiane lut le texte à haute voix tout près du cervœil de Mané-jeï. La masse translucide, à la fois cerveau et organe de vision du vaisseau, fut parcourue d'une onde brillante. Phénomène rarissime. Tout autant que les larmes qui coulaient le long des joues de Sandiane Maguelonne.

3
À la recherche du fils du Dragon

Le monopole de l'UPAA vole en éclats ! Pour la première fois dans l'histoire du recrutement des futurs pilotes d'Abîmes, un quota de cinquante candidats a été accordé à une société privée. Nachit Norris, directeur de Cosmo World Vision, a remporté le marché en proposant de filmer les jeunes depuis leur sélection jusqu'à l'épreuve d'osmose sur Autremer.

Heure par heure, minute par minute, vous pourrez suivre sur CWV les doutes, les espoirs, les joies de ces adolescents, candidats à une expérience unique avec un Abîme d'Autremer.

Rejoignez-nous au cœur de la réalité la plus stupéfiante de la Galaxie en compagnie de filles et de garçons que tout oppose sauf une passion commune, un idéal plus fort que tout : piloter un Abîme, devenir perl !

À bientôt pour Les Vainqueurs de l'Impossible, *notre nouvelle émission-vérité présentée par notre animateur vedette, Myto Meretta.*

Communiqué Cosmo World Vision

— Comment ça « pas retrouvé » ?

Sandiane regardait Eviana Kelleven comme si elle venait de proférer une grossièreté.

— Désolée Sandiane, les services de sécurité l'ont jeté dehors dès qu'ils ont constaté que l'idicarte ne lui correspondait pas. Il a disparu dans cette foutue ville sans qu'on sache qui il est.

— Mais c'est incroyable, tempêta la jeune femme. À notre époque, il existe encore des gens qui peuvent échapper à la police de l'Essaim ?

— Nous sommes sur Djauze, ici. Il y a des milliers de colons clandestins, des boat people de l'espace tout comme il y en a eu autrefois sur Vulcain[6]. Tu sais très bien qu'une foule de candidats à l'émigration sur les nouvelles planètes n'attendent pas les autorisations officielles. Les gens s'y installent en toute illégalité. Je te l'ai déjà dit : cet adolescent ne peut être qu'un enfant de colon non déclaré. Un sans-papiers. Donc introuvable.

— Impossible, il nous le faut.

Eviana Kelleven soupira. Elle avait déjà tout tenté. Depuis deux jours elle ratissait en vain les bureaux de la maigre administration djauzanne. Rien. Pas de reconnaissance visuelle possible : le système de vidéosurveillance lors des entretiens de sélection était si vétuste que les vidéos s'avéraient illisibles. Pas de reconnaissance graphologique non plus : le feuillet couvert de la petite écriture nerveuse n'avait trouvé

---

6. Voir *Les Oubliés de Vulcain*, du même auteur (Livre de Poche Jeunesse).

aucun écho dans les banques-mémoires scolaires. L'adolescent n'allait pas à l'école. Pas de nom: les autres postulants, y compris la petite blonde qui avait ramassé la feuille, ne savaient pas qui il était. Quant à l'idicarte, elle avait été volée au fils du ministre de l'Information. Le gamin avait été assommé alors qu'il venait aux entretiens de sélection. Il s'était réveillé dans une ruelle sordide des heures plus tard et n'avait pas vu son agresseur. Depuis lors, le ministre, pourtant si imbu de sa personne, ne s'était pas manifesté.

Djem fulminait. Il tournait en rond dans sa chambre à se cogner la tête contre les murs. Depuis combien d'heures maintenant son père l'avait-il enfermé dans sa chambre? Après une empoignade mémorable, le garçon s'était retrouvé puni: privé de tout contact avec l'extérieur, privé de connexion sur le MégaRés, privé bien évidemment de voir Corian.

—Je ne te le pardonnerai jamais, avait hurlé son père. Tu as failli briser ma carrière et foutre ton avenir en l'air! Mais qu'est-ce qui t'a pris de laisser ce racleur de chiourme aller aux entretiens à ta place? Heureusement que j'ai pu rattraper le coup lorsque la police m'a rapporté ton idicarte.

Djem avait fait front, et la claque sur sa joue lui avait brûlé l'âme, plus que la peau, pendant des heures. Il avait cogné à la porte toute la nuit après que son père l'eut verrouillée. En vain. Sa mère lui passait à manger dans une boîte antigrav qu'elle faisait flotter jusqu'à sa fenêtre. Elle non plus n'avait pas la clef.

Encore heureux que Djem, en bon enfant de nanti, avait sa propre salle de bains attenante à sa chambre.

Assis sur son lit, le garçon se prit la tête entre les mains. Et Corian, que devenait-il ? Djem renifla en serrant les dents. Jamais il ne se pardonnerait d'avoir gâché, faute de préparation, la chance offerte à son ami.

Sandiane attendait debout derrière Eviana. La capitaine était en train de contacter la planète Agora. Une image brouillée finit par se matérialiser au centre de la salle de contrôle. Le cône holographique n'était pas très net, mais Sandiane vit qu'elle avait bien affaire à Nachit Norris.

—*Sandiane... c'est toi ?* s'étonna ce dernier avec une pointe d'ironie, *je ne m'attendais pas de sitôt à ce que tu reprennes contact avec moi. Mel est au courant ?*

Sandiane se mordit les lèvres pour ne pas envoyer une remarque cinglante à travers les milliers d'années-lumière qui la séparaient d'Agora où se trouvait Nachit, au siège de sa célébrissime CWV.

—Mel est reparti rejoindre Aëla sur Autremer, dit-elle. Nachit, j'ai besoin de toi. Ou plutôt j'ai besoin que ton équipe des *Vainqueurs de l'Impossible* vienne très vite sur Djauze pour retrouver un adolescent qui fera un candidat extraordinaire.

Il y eut un petit silence, puis le visage holographique de Nachit Norris afficha un sourire carnassier.

—*Tu nous laisserais parrainer un candidat dont tu*

dis toi-même qu'il deviendra sûrement perl ? Quand il aura signé le contrat pour faire partie des Vainqueurs de l'impossible, j'aurai les droits sans limites sur lui, tu le sais. L'exclusivité totale, la présence de mon équipe à toutes les étapes de ce que ce gamin va vivre. Comment se fait-il que tu me fasses un tel cadeau ?

—Nous savons qu'il est quelque part sur Djauze, mais nous ne parvenons pas à mettre la main dessus. Il est le seul postulant satisfaisant ici. Si tu envoies ton équipe, avec la pub que vous faites, il y a une chance pour qu'il ressorte de son trou pour vous. Dès lors, il est à toi. J'accepte de le prendre, avec ton équipe, à bord de Mané-jeï pour le voyage retour vers Autremer.

—*Je n'en crois pas mes oreilles*, dit Nachit. *Et tu les laisserais filmer à l'intérieur de Mané-jeï ?*

Eviana Kelleven ouvrit la bouche pour dissuader son amie. Sandiane allait trop loin. Il fallait qu'elle fasse marche arrière…

Trop tard. Sandiane acquiesçait déjà.

—Oui, sauf près du cervœil, évidemment.

Eviana se tassa dans son siège, atterrée. Voilà qui allait faire des remous chez les Maguelonne. Il y avait de la scène de ménage en perspective.

—*Ton mari et les pilotes de l'UPAA accepteront que nous soyons à tes côtés avec nos caméras ?* interrogea Nachit, tout aussi surpris qu'Eviana de la capitulation si rapide de Sandiane devant l'invasion médiatique que sous-entendait le dispositif qu'il présentait.

—J'en fais mon affaire, lança-t-elle avec hargne. Venez retrouver ce garçon.

— *C'est comme si ça y était!* jubila Nachit. *Bon retour parmi nous, Sandiane.*

Lorsqu'elle eut coupé la communication, Eviana se tourna vers Sandiane.

— Je ne pensais pas que tu reprendrais ton métier de reporter de cette façon, dit la capitaine.

— Je ne reprends rien du tout! gronda la jeune femme.

— Tu as raison, jeta Eviana très amère, en fait, tu n'as rien à reprendre car, en réalité, ce métier ne t'a jamais quittée. Il te colle à la peau de bien plus près que le cervœil de Mané-jeï! Mais tu te rends compte de ce que tu viens de faire, Sandiane? Autoriser ces requins à nous casser les ouïes vingt-quatre heures sur vingt-quatre? Tu es devenue folle ou quoi? Ne me dis pas que tu fais ça uniquement pour ce gosse? Tu as une autre raison, laquelle?

Sandiane tourna les talons pour disparaître dans le couloir que son Abîme ouvrait devant elle.

L'équipe des *Vainqueurs de l'Impossible* serait là dans moins de dix heures. Eux retrouveraient ce garçon. Rien d'autre ne devait compter. Il ferait un perl exceptionnel, elle en était sûre.

Un léger coup à la fenêtre attira l'attention de Djem. L'heure du dîner, déjà? Il attrapa la boîte et envoya un baiser en direction de sa mère dont il vit de loin le clin d'œil. Il fronça les sourcils: la boîte était bien lourde. Il l'ouvrit et son cœur fit un bond. Sa caméra volante était sous ses yeux!

Maman, pensa-t-il, *je te revaudrai ça.*

Il s'empara de l'appareil. Comment sa mère avait-elle réussi à récupérer sa volcam ? Son père l'avait confisquée en aboyant que ses rêves de reporter allaient fondre dans les flammes du Dragon. Il vérifia. C'était bien la sienne et elle était intacte. Il l'activa et ajusta sur son bras le boîtier de commandes. En mode lecture, l'appareil lui restitua les dernières images filmées, celles de l'Abîme en train de sauver son équipage des flammes du Dragon. Voilà ce qu'il fallait qu'il montre pour aider Corian à réaliser son rêve.

En quelques coups d'ongle, il programma la machine. Il ouvrit la fenêtre et lâcha la caméra. Tel un oiseau de proie, elle plana un instant avant de foncer vers le ciel.

Quiconque voit pour la première fois un Abîme d'Autremer descendre de son orbite pour venir en position géostationnaire basse ne peut que rester bouche bée. Ce jour-là, sur les digues de PorNoir, les adultes comme les petits enfants écarquillaient les yeux, tout à fait conscients d'assister à un spectacle unique.

Mané-jeï était splendide, immense silhouette fuselée de presque mille mètres de long flottant au-dessus de la ville. Le vaisseau de Sandiane offrait une vision familière, souvent admirée sur les écrans des Cent Mondes. Mais pour les habitants de PorNoir, quelle aubaine de l'admirer en vrai ! Qui aurait cru, quelques jours plus tôt, qu'ils devraient cette chance à un de leurs clandestins de seize ans, introuvable…

Car, malgré les investigations menées depuis deux jours par l'équipe des *Vainqueurs de l'Impossible*, les journalistes de Cosmo World Vision n'étaient toujours pas parvenus à identifier le candidat fantôme. En dernier recours, Sandiane exhibait son Abîme au-dessus de la ville, avant l'heure de la marée rouge bien entendu, dans le seul but de faire sortir le loup du bois, ou plutôt de déloger de son antre le « fils du Dragon », puisque tel était le médiatique surnom attribué au clandestin.

Au même moment, Corian était connecté au MégaRés.

Après des heures de récolte éprouvante de coquelianes, il avait réussi à arracher cette autorisation à son père. Celui-ci avait été fou de rage de le voir filer sous ses yeux l'autre nuit, puis disparaître toute la journée du lendemain. Désespéré de s'être fait repérer à cause de l'idicarte prêtée par Djem, l'adolescent avait erré longtemps au bord du Dragon avant de rentrer chez lui, en désespoir de cause. Maintenant, devant son écran, il regardait l'Abîme au-dessus de PorNoir, un sanglot bloqué dans sa gorge, son rêve déçu plein les yeux. Il n'avait rien dit à son père, surtout pas que c'était lui l'auteur du fameux texte publié partout. Osmond lui avait rappelé avec hargne au retour de sa fugue qu'ils étaient des clandestins et qu'il ne fallait surtout pas attirer l'attention de la sécurité sur eux.

Soudain, Mané-jeï se mit en mouvement pour quitter le quai sur lequel la foule se pressait. La marée pétillante allait bientôt monter et l'Abîme regagnait les étoiles pour rentrer chez elle. C'était fini. L'ultime tentative avait échoué. Le fils du Dragon ne s'était pas fait connaître.

Tandis que Sandiane appuyait doucement sa main sur le haut du cervœil de sa bête pour que l'Abîme se cabre en direction de l'espace, elle se remémora les mots de la feuille chiffonnée :

> Je vérifierais tout millimètre par millimètre, ensuite je caresserais le corps de mon Abîme sous une des plaques pour lui dire combien je l'aime…
>
> … puis je le laisserais décoller, lui offrant la liberté…

La jeune femme se sentait infiniment triste. À l'autre bout de la ville, Corian, lui, avait l'âme en charpie.

—Paré pour l'envol ! annonça la perl à l'intention de son équipage.

Sandiane donna alors une impulsion des deux mains contre la paroi du cervœil face à elle pour que Manéjeï s'élance.

—Décollage ! dit-elle.

Mais, pour la première fois depuis toutes leurs années d'osmose, l'Abîme n'obéit pas ! Dans la salle de contrôle où se tenait Eviana Kelleven et ses équipiers face à leurs écrans, tous les curseurs demeurèrent immobiles.

—Fange de poulpe ! jura Nadjer, l'un des copilotes, que se passe-t-il ?

Eviana Kelleven était tétanisée. Aussi loin qu'elle se

souvenait, lorsque les perls des Abîmes sur lesquels elle avait travaillé donnaient l'ordre de décollage, les vaisseaux-animaux s'étaient toujours élancés vers l'espace.

La voix de Sandiane parvint soudain, atténuée par le fait que son nanomicro était implanté dans une de ses dents.

—*Mané-jeï ne veut pas partir.*

—Que se passe-t-il ? demanda Eviana.

—*Je ne sais pas.*

—Eh, cria soudain le navigateur, je capte un truc bizarre sur mon écran…

—Transmission sur poste principal, ordonna la capitaine.

Les images de Djem envahirent l'écran. On distinguait parfaitement le cône de distorsion créé par Mané-jeï pour sauver la navette des flammes de l'océan Dragon.

—Nom d'un fretin ! s'écria le copilote Nadjer, quelqu'un nous a filmés à ce moment-là ?

—Ça nous parvient d'une petite volcam qui est à la limite de la haute atmosphère, analysa le navigateur. À cette altitude, l'appareil ne va pas résister longtemps. J'enregistre.

Un visage apparut sur l'écran. Des cheveux bruns en bataille, un peu longs sur la nuque, une figure agréable, des yeux immenses aux iris mordorés et, surtout, un sourire extasié.

—*C'est un Abîme*, disait le garçon, *peut-être une Abîme si c'est une femelle. En tout cas, il ou elle vient de sauver l'équipage de la navette d'une mort certaine dans le ventre du Dragon.*

— C'est lui, dit Sandiane qui venait d'apparaître au détour d'un couloir créé par Mané-jeï dans sa chair pour permettre à sa perl de rejoindre la salle de contrôle.

La jeune femme ne portait qu'une légère combinaison zippée. Elle était pieds nus. Ses cheveux flottaient sans attaches sur ses épaules. Elle regardait le garçon sur l'écran avec une moue d'évidence.

— Le fils du Dragon… murmura-t-elle. Je m'en doutais. Voilà pourquoi Mané-jeï ne veut pas partir. Elle attend qu'il soit à bord.

Tous les autres écarquillèrent les yeux d'étonnement.

Un autre garçon apparut sur l'écran, une frimousse ronde encore un peu bébé, des bouclettes rousses sur un front tavelé de taches de son. Eviana Kelleven eut un gloussement.

— Celui-ci je saurai le retrouver, c'est le fils du ministre de l'Information. Je l'ai vu dans le fichier des candidats.

— Ramène-le aussi, dit Sandiane en faisant demi-tour pour repartir vers le cervœil de Mané-jeï.

Avant que le couloir ouvert par l'animal ne se referme derrière sa perl, la capitaine demanda :

— À quel titre ramènerais-je celui-là ?

— Stage d'apprentissage : tournage avec nanocam, lança Sandiane dans un grand éclat de rire.

4
L'Abîme inconnu

HYPERESPACE : notion qui releva autrefois de la pure science-fiction. Pendant longtemps, l'humanité piétina dans la banlieue du Système solaire, jusqu'au jour où l'invention des métaréacteurs à effet de stase lui ouvrit les portes de l'espace lointain.

Après plusieurs drames dus au phénomène baptisé « effet Benest », les scientifiques comprirent comment maîtriser le champ magnétique créé par la stase. Lors de la plongée en hyperespace, les passagers sont reliés à la masse de l'astronef par une poignée de stase. Les ondes surmagnétiques ainsi canalisées n'endommagent plus le système neuronal humain.

Ainsi l'homme est-il allé jusqu'au bout de sa galaxie, sans avoir pu toutefois, jusqu'à ce jour, dépasser cette limite.

Dictionnaire d'astronautique

Corian et Djem étaient assis à l'écart de l'équipe de CWV, dans la zone intérieure de Mané-jeï aménagée pour les passagers. Les sièges, regroupés par quatre ou six, donnaient à la cabine l'allure d'une suite de salons douillets. Devant les deux garçons, un renflement sortait du sol et faisait office de table basse. Des verres étaient posés sur un plateau. Une hôtesse leur avait offert des boissons et ils buvaient lentement, manière de s'occuper et de ne pas paraître goujats avec leurs hôtes.

— Les Autremeriens sont toujours discrets, murmura Djem. C'est peut-être leur plus grande qualité.

Comme Corian ne répondait pas, le lutin roux poursuivit :

— Voyager dans un Abîme… Tu te rends compte ? La plupart du temps, les gens voyagent dans les vaisseaux de la TransCorp. Les Abîmes sont les super-premières classes de l'espace. Même mon ministre de père n'a jamais eu l'occasion…

— Ma mère l'a fait, le coupa Corian, alors qu'elle était enceinte de moi. Elle m'en parlait quand j'étais petit.

Le ton était nostalgique. Djem ne renchérit pas. Il connaissait un peu l'histoire des parents de Corian. Le couple travaillait dans l'import-export et avait été abusé par des mafieux. Arrêté pour trafic alors qu'il ne soupçonnait rien, Osmond Jon-Scalia avait été libéré sous caution grâce à son épouse issue d'une riche famille agorienne. Ne pouvant rembourser ses dettes, fuyant un procès tapageur, le couple était devenu hors-la-loi. De Charybde en Scylla, ils avaient échoué sur Djauze, où la mère de Corian était décédée peu de temps après. Chez le père comme chez le fils, les blessures ne se refermeraient jamais.

— Je suis content que CWV ait obtenu que mon père ne soit pas arrêté comme clandestin, murmura le garçon. Pourvu que ton père tienne sa promesse.

— Il était tellement ravi qu'on parle de lui, lança Djem amèrement… Le père du « petit génie de la prise de vues » ! Il a intérêt à tenir ses engagements.

Puis, sans transition, le petit rouquin déclara :

— Tu dis que c'est la chair de l'Abîme qui forme les parois tout autour de nous ? On dirait du plasmétal… enfin, on devrait dire plasvital plutôt…

— On dit plasvital, confirma Corian.

Djem appuya sa main sur la paroi.

— Ça ressemble vraiment à du plastique, conclut le garçon avec une petite moue.

À son tour, Corian osa alors tendre la main vers la paroi. Depuis qu'il était entré dans l'Abîme, il avait gardé ses poings serrés dans ses poches, hormis pour porter ses bagages ou se saisir du verre posé devant lui. Il s'était même assis du bout des fesses sur le siège qui, lui, affichait pourtant clairement qu'il était un meuble normal provenant d'une quelconque usine pour aménager le vaisseau-animal.

Mais il n'avait encore osé aucun contact avec la chair de l'Abîme. La pulpe de ses doigts effleura la paroi à côté de lui. Immédiatement, celle-ci s'illumina d'une vague d'or rouge sur un rayon d'un mètre autour de l'endroit que Corian avait touché.

— Waouh ! s'écria Djem. Ben dis donc, quel effet tu

lui fais ! Moi, rien du tout, et toi, un vrai arc-en-ciel.

Soudain, un grondement sourd résonna tout autour d'eux, comme un râle puissant, un cri de jubilation. Ils sentirent que le vaisseau se mettait en mouvement. L'hôtesse annonça :

— M-j va décoller. Nous vous conseillons de rester assis pendant cette période. Avant de passer en stase, nous vous demanderons de bien vouloir vous accrocher à l'une des poignées que vous apercevez près de vos sièges.

Corian et Djem avisèrent alors, émergeant de la paroi, les poignées de stase qu'ils n'avaient pas encore remarquées.

— Pourquoi dit-elle M-j ? demanda Djem. Tout le monde sait que cette Abîme s'appelle Mané-jeï.

— C'est son immatriculation officielle, répondit Corian. Les Abîmes ne sont pas les seuls à voyager dans l'espace. Il y a aussi les vaisseaux spatiaux normaux des grandes sociétés comme la TransCorp. M-j permet de l'identifier en tant que vaisseau de ligne.

— Un vaisseau de ligne qui déclenche un feu d'artifice pour toi ! ajouta Djem en riant.

Corian sentit un peu de rouge lui monter aux joues.

— Elle ne l'a pas fait pour moi.

— Que si ! Rappelle-toi ce qu'a dit la capitaine. L'Abîme ne voulait pas partir sans toi. Quel honneur, mon vieux ! Et grâce à toi, je suis là ! jubila le garçon en frappant le creux de sa main avec son poing. En partance pour Autremer avec une équipe de CWV.

C'est géant, c'est titanesque même ! Mon vieux Corian, tu veux que je te dise ?

Corian souleva un sourcil ironique en direction de son ami.

— Eh bien, tu vas être choisi par un Abîme pour devenir son perl lors de l'épreuve d'osmose, et moi je filmerai ça avec l'équipe de CWV. J'enverrai mes images sur le MégaRés et je deviendrai célèèèèèèèèbre ! Aussi célèbre que Sandiane Maguelonne !

Le garçon leva les bras à la perspective de son futur triomphe. Au même moment, la voix de la capitaine annonça :

— *Attention, stase imminente. Que tous les passagers, équipage compris, s'accrochent à une poignée de stase.*

Corian se pencha légèrement sur le côté pour attraper la poignée qui était à sa gauche. Ce faisant, il tourna le dos à Djem et fut content d'être dans cette position au moment où le vaisseau entra en stase. Un rideau noir tomba d'un coup sur ses yeux. Il serra de toutes ses forces la poignée à laquelle il s'accrochait. Un rugissement animal énorme jaillit des entrailles du vaisseau. Corian sentit le flux magnétique lui piquer les paumes et couler d'un coup à travers son corps. Il en eut le souffle coupé et les larmes aux yeux. L'effet incroyable de la stase générée par l'Abîme repliait l'espace pour les conduire, quasi instantanément, à l'autre bout de la Galaxie. Un voyage immobile de plusieurs milliards de milliards de kilomètres !

On disait que, lors du passage en stase, une sensation de froid envahissait la plupart des gens. Accroché par sa poignée de chair à Mané-jeï, craignant de se réveiller d'un coup sur Djauze et de constater que tout ça n'était qu'un rêve, Corian Jon-Scalia fut traversé par des flèches de chaleur dignes des marées brûlantes de l'océan Dragon.

Sur Autremer, Aëla guettait le ciel.

— Pourquoi tant de temps ? dit-elle.

Mel Maguelonne regarda sa fille. Elle était assise en tailleur sur la plage de l'atoll préféré de son père, et sa peau bronzée contrastait avec la blancheur ivoirine du sable. L'enfant ne quittait guère des yeux la voûte azur au-dessus d'eux. Son regard balayait tout l'espace à intervalles réguliers, puis revenait se poser sur ses doigts entre lesquels glissait, en un mouvement régulier, une fine cascade de grains immaculés.

— Voyons, Aëla, lui répondit Mel, tu sais très bien que ta mère et Mané-jeï sont à des milliers d'années-lumière ! Rassure-toi. Elles vont bientôt arriver. Je ne vois pas pourquoi tu t'inquiètes.

— Tsan-kur aussi.

Fronçant les sourcils, Mel tourna la tête vers le large. Tsan-kur, son Abîme, flottait sur les vagues. Dans le soleil rasant de cette fin d'après-midi, les plaques additionnelles garnissant son corps lançaient des éclairs rougeoyants sur les flots. Aëla avait raison. L'Abîme s'agitait. Ce n'était pas normal.

Du coup, Mel se leva. Maintenant, l'inquiétude l'envahissait aussi. Sa fille venait de lui prouver une fois de plus sa faculté unique à communiquer avec les Abîmes. À voir l'immense corps rouler dans les vagues, Mel comprit que Tsan-kur entrait dans une phase d'extrême nervosité.

Il se pencha pour ramasser les harnais antigravitation qui leur avaient permis de venir sur l'atoll depuis l'endroit où l'Abîme avait amerri.

— Viens. Nous allons rejoindre Tsan-kur.

— Non ! asséna Aëla, sans même un regard pour son père.

Mel fronça les sourcils. Décidément, le caractère de la demoiselle ne s'améliorait pas !

La « petite fée des Abîmes », comme la surnommaient leurs amis, était une merveille de grâce et de beauté. Elle avait d'immenses yeux clairs, souvent mélancoliques, qui pétillaient de la plus vive intelligence. Elle était gracieuse, fine, élégante, et faisait la fierté de tous les Maguelonne : en particulier de son arrière-grand-père, Madery. Mais Aëla présentait une particularité : elle ne prononçait jamais plus de quelques mots les uns à la suite des autres. Ses phrases étaient structurées, mais elles ne dépassaient que rarement cinq ou six mots. Quand on lui demandait (et ses parents, soucieux, lui avaient fait consulter plusieurs spécialistes) pourquoi si peu de mots, elle répondait invariablement, avec un sourire à faire fondre les banquises autremeriennes : « Les Abîmes ne parlent pas beaucoup. »

— Aëla, insista Mel en se penchant vers sa fille, il

faut que nous allions à l'intérieur de Tsan-kur. Je ne comprends pas ce qui se passe.

—Ils arrivent.

Elle tendit le doigt vers l'espace et son visage s'illumina d'un sourire ravi creusant ses joues de deux adorables fossettes.

—Qui « ils » ? Tu veux dire « elles » ? Ta mère et Mané-jeï ?

—Ils !

Le ton était sans réplique possible. Après un instant de silence qu'elle mit à profit pour se lever, la petite ajouta :

—Maman, Mané-jeï et l'autre.

Mel regarda le ciel. La déchirure tant attendue se produisit alors. La distorsion lumineuse prit naissance à l'opposé du soleil couchant, un halo parcouru d'éclairs dans l'azur. Mel pensa : *Ma Sandiane... Enfin, tu reviens.* Mané-jeï ramenait sa perl sur Autremer. Ces tourbillons de lumière uniques en étaient la preuve. Une forme prit corps dans les volutes de lumière, une masse gigantesque.

—Mais... ce n'est pas Mané-jeï ! constata soudain Mel avec un coup au cœur.

—C'est l'autre venu de loin, déclara Aëla, péremptoire.

Mel resta figé. Que signifiaient ces paroles ? Qui était cet Abîme ?

Un cri sourd et profond retentit alors dans le crépuscule. Au paroxysme de l'agitation, Tsan-kur hurlait sa rage au ciel et au nouvel arrivant. Il se cabra et retomba sur les flots avec violence, faisant jaillir autour de lui d'énormes gerbes d'écume. Mel comprit que son animal désirait plus que tout décoller pour aller à la rencontre de cet inconnu. Mais l'Abîme ne s'envolerait pas tant que son perl ne serait pas à bord. Voyant sa bête torturée par l'envie de foncer vers le nouveau venu, Mel enfila son harnais et tendit le sien à Aëla.

— Voilà maman ! déclara-t-elle en bouclant les attaches.

Mel leva les yeux. Une seconde distorsion de l'espace venait en effet d'apparaître dans le ciel. Cette fois, Mel reconnut la silhouette familière de Mané-jeï. La belle Abîme perdit rapidement de l'altitude, tandis que l'animal inconnu semblait vouloir rester en orbite autour d'Autremer. Maintenant que Mané-jeï était rentrée dans l'atmosphère, le système de communication terrestre allait pouvoir être rétabli. Mel ajusta un micro devant ses lèvres.

— Sandiane, tu me reçois ?

Après quelques crachotements, la voix de Sandiane leur parvint.

— *Mel... Où es-tu ?*

— Sur l'atoll, avec Aëla. Dis-moi : quel est cet Abîme qui t'accompagne ?

— *Totalement inconnu. Il nous a rejoints près de l'épaule d'Orion. Il se passe des choses incroyables. Mané-jeï a refusé de quitter la planète Djauze tant que je n'ai pas eu à bord un garçon nommé Corian.*

— Corian... répéta Aëla, en entendant sa mère. Oui, Corian...

Elle semblait savourer le prénom.

—Qu'est-ce que c'est que cette histoire ? s'exclama Mel.

Il était estomaqué. Mané-jeï avait refusé d'obéir à Sandiane ?

La jeune femme poursuivit :

—*Une fois Corian à bord, j'ai fait staser Mané-jeï en ligne droite jusqu'à Bételgeuse. Là, nous sommes sortis de l'hyperespace pour faire une pause, car je sentais que quelque chose clochait. Lorsque j'ai scanné les environs, j'ai découvert cet Abîme inconnu. Depuis, il nous suit.*

—Qui est-il ?

—*Il n'a pas de plaques additionnelles, ou tout du moins je n'en ai pas vu.*

—Fange de poulpe ! jura Mel. Un Abîme sauvage ? C'est impossible.

—Pourtant, il est là ! intervint Aëla en levant les yeux vers son père.

Son visage resplendissait de joie. On sentait qu'elle jubilait.

—Tu es contente, toi ? dit son père avec un rire amer. Je t'assure que d'autres vont l'être beaucoup moins que toi ! Je n'ose pas imaginer la panique en ce moment au centre d'Obériel, à la tour de contrôle. Paz Kelleven doit être fou ! Notre chef contrôleur se demande sûrement s'il rêve en voyant un tel mastodonte non répertorié sur ses écrans ! Mais d'où peut-il venir cet Abîme, bon sang ? Nous qui croyions connaître tous nos troupeaux…

—*Apparemment, non! En attendant d'en savoir plus, vous décollez et tu me rejoins ?*

—Tsan-kur est particulièrement nerveux. J'arrive dès que possible. À tout de suite.

—*Au fait, Mel, l'équipe des* Vainqueurs de l'Impossible *est avec moi. J'ai donné mon accord à Nachit.*

Avant même d'attendre la réponse de son mari, Sandiane coupa la communication, ce qui lui évita d'entendre la bordée de jurons typiquement autremeriens que Mel lâcha à l'annonce de cette nouvelle. Quand son père eut fini de tempêter, Aëla se contenta de dire :

—Maman est maman.

Cette remarque lucide eut pour effet de remettre Mel en colère. D'un coup furieux sur le boîtier de commandes, il actionna son harnais antigrav. Sa fille fit de même, et les deux appareils s'élevèrent aussitôt, entraînant leurs passagers au-dessus des flots. À vitesse maximale, Mel se rapprocha de son Abîme, suivi par la silhouette légère d'Aëla.

Avant d'entrer dans l'ombre des flancs de Tsan-kur, l'Autremerien leva encore une fois les yeux vers la silhouette de l'Abîme inconnu qui s'était immobilisé à très haute altitude. Le soleil rouge d'Autremer l'auréolait d'un écrin sanglant.

—Ouvre un pore, Tsan-kur, cria Mel en approchant du flanc de son vaisseau.

Aussitôt plusieurs plaques additionnelles garnissant l'animal s'écartèrent, un orifice naquit, qui devint bien vite aussi large qu'une porte. Mel pénétra dans l'Abîme avec sa fille. Derrière eux, les parois de chair se refermèrent aussitôt et les plaques reprirent leur place initiale. Un tunnel vivant se creusait au fur et à mesure de leur progression. Bientôt, le père et la fille atteignirent la salle d'embarquement aménagée à l'intérieur du vaisseau. Aëla se posa comme une plume sur le sol, qui frémit au contact de ses pieds. Elle tendit la main vers la paroi, d'où jaillit une excroissance à la rencontre de la paume offerte.

— Me revoilà, Tsany ! dit-elle joyeusement en caressant furtivement la masse rosée.

L'échange entre l'animal et la petite fille fut très rapide. Quiconque aurait regardé cette paroi dans la minute suivante n'y aurait vu qu'un revêtement d'apparence plastifiée. Après avoir salué Aëla, l'Abîme était désormais dévoué à Mel. À son perl.

Mel enleva son harnais antigrav, attendit qu'Aëla fasse de même et l'entraîna en direction de la cabine passagers.

— Reste ici. Tsan-kur est trop nerveux pour que tu viennes près du cervœil. Nous allons décoller et rejoindre ta mère, plus toute la fine équipe qu'elle transporte, et rentrer à Apalanche.

Aëla s'approcha d'un hublot tandis que son père disparaissait en direction de la zone de pilotage. Elle colla son front contre la plaque vitrée qui n'en était pas une. En réalité, c'était la matérialisation par la chair de l'animal de ce que les humains souhaitaient comme matériau pour regarder vers l'extérieur.

Elle se tordit le cou pour apercevoir Mané-jeï. Le frémissement des plaques additionnelles de l'Abîme de Sandiane prouvait à quel point le vaisseau-animal était nerveux. La proximité de ce sauvage qui la filait depuis le centre de la Galaxie la perturbait énormément.

—N'aie pas peur, murmura la petite fille.

Elle ajouta dans un souffle tout en caressant la paroi de la cabine :

—Mané, Tsany... calmes...

Puis elle s'assit et chercha des yeux cette fois le nouvel arrivant dans la haute atmosphère. Elle le trouva, petit point lumineux, en train de s'éloigner doucement. Le regard de la fillette devint inquiet. Il partait ? Non, non, il ne fallait pas...

—Reste ! supplia-t-elle.

Et tandis que Tsan-kur rejoignait Mané-jeï pour prendre avec elle la direction de la ville sous-marine d'Apalanche, le mystérieux Abîme s'arrêta, comme s'il avait entendu Aëla.

5
Brève rencontre

Visitez Autremer, la planète-océan, un monde unique dans l'Essaim !

Huit capitales de zones sous-marines aux noms mythiques : Apalanche, Obériel, Rhéa, Théthys, Miyande, Aënora, Callisto et Umbrione. Dix-sept millions d'îles, dont des atolls enchanteurs où il fait bon rêver le soir sous les deux lunes, Ashann et Killann. Des fosses sous-marines profondes de trente mille mètres où vous vivrez des émotions inédites lors de safaris vertigineux...

Dans des complexes hôteliers ultramodernes, un personnel stylé saura vous réserver le meilleur accueil, avec pour seul but vous satisfaire et faire de vos vacances un moment inoubliable.

Promotion spéciale à l'occasion de l'épreuve d'osmose des futurs perls : 9460 crédits. Ce tarif comprend une semaine en pension complète dans un hôtel trois étoiles (normes locales), le voyage par vaisseau de la TransCorp au départ d'Agora et un billet d'aquaglisseur pour une excursion sur le site de l'épreuve.

CybelVoyages @agora@Deneb@galax

Lorsque Sandiane et Mel amerrirent au large du port d'Apalanche, les quais étaient noirs de monde car la soirée commençait. Émergeant des bureaux sous-marins où ils avaient passé la journée, les Apaliens profitaient de la douceur du soir pour flâner à l'air libre avant de rejoindre par le capillaire[7] leurs domiciles immergés.

Corian et Djem se disputaient la place devant le hublot pour dévorer des yeux ce paysage incroyable : un océan accueillant et bleu ! Eux qui n'avaient toujours connu que les flots pourpres et acides du Dragon, ils se pinçaient pour se confirmer qu'ils ne rêvaient pas. Mais c'était bien la réalité, pas une projection virtuelle par écran interposé.

— On y est ! jubila Djem. À soixante mille années-lumière de Djauze ! Regarde, enchaîna-t-il en poussant son ami du coude, on arrive à quai. L'équipe de CWV va sûrement être la première à débarquer pour pouvoir nous filmer en train de sortir de l'Abîme. Enfin… te filmer !

Corian se sentit mal à l'aise. Il se serait bien passé de tout ce battage médiatique autour de lui. Les cadreurs de l'équipe n'avaient pas arrêté de filmer dans l'Abîme. Plusieurs fois par jour, CWV diffusait une petite émission de quelques minutes dans le cadre du programme *Les Vainqueurs de l'Impossible*. On y présentait les cinquante candidats que la chaîne parrainait. Corian était déjà passé plusieurs fois. Ensuite, lorsque tous les postulants perls seraient arrivés sur

7. Le capillaire : métro sous-marin composé de minuscules trains à lévitation magnétique.

Autremer, les images inonderaient les Cent Mondes, pour atteindre l'apothéose le jour de l'épreuve d'osmose. D'ici là, la carte maîtresse de Nachit Norris allait débarquer sur la planète-océan : le présentateur vedette de CWV, Myto Meretta.

— Myto Meretta ? C'est de la provocation ? C'est le fils de Varsos Meretta qui va présenter cette foutue émission et fourrer son nez partout sur Autremer ?

Sandiane acquiesça d'un mouvement nerveux de la tête. Elle se sentait comme devant un tribunal. Dans le salon de la villa qu'elle possédait avec Mel à Apalanche, la petite fête d'accueil pour son retour tournait à la séance de mise en accusation. La famille Maguelonne était au grand complet. Outre Sandiane et Mel étaient présents Madery, le grand-père de Mel, Paul, l'oncle de Mel, et son épouse Manault, la sœur aînée d'Eviana Kelleven. Enfin, assise dans un coin, regardant des poissons colorés par la baie-hublot, Aëla, comme d'habitude, ne disait mot.

— Tu te souviens que Varsos Meretta avait assigné Autremer devant la CCME pour violation des lois essentielles[8] ? Que cet excité avait voulu enfermer les Abîmes dans des couloirs de circulation balisés ? Tu te rappelles de ça ?

Sandiane soupira. Les Autremeriens, et en particulier Paul Maguelonne, étaient de nature rancunière !

— Oui, mais il n'a pas réussi. Nous pouvons voler

8. Voir *Les Abîmes d'Autremer* (op. cit.).

où nous voulons, staser à notre gré. Meretta n'a jamais pu nous emprisonner.

— C'est à cause de lui que nous devons recruter des perls dans tous les mondes de l'Essaim, gronda encore Paul.

— Ça, c'est normal, intervint Mel. Le rôle de la Chambre des Cent Mondes est d'assurer l'équité entre tous les peuples.

Sandiane sourit faiblement, heureuse de voir son mari faire barrage à l'agressivité de son oncle.

— Sandiane, si tu nous parlais de ce candidat que tu as trouvé ?

La voix calme et pondérée de Madery détournant la conversation émut Sandiane. Tous deux étaient profondément liés depuis leur première rencontre. Le vieil homme était un sage. Non seulement parce qu'il avait plus de quatre-vingts ans, mais parce qu'il avait sillonné toutes les mers du ciel aux commandes de sa magnifique Abîme, la légendaire Atan-koï, la mère de Mané-jeï. Depuis peu, Madery ne stasait plus. « Je suis trop âgé selon les lois en vigueur », disait-il. C'était exact, mais personne n'aurait osé interdire à Madery Maguelonne de se déplacer avec sa « nef », comme il disait. Il avait pris seul la décision de ne plus voler.

Une sonnerie cristalline retentit en provenance du hall d'entrée.

— Corian…. dit soudain Aëla en se levant.

Corian ne voulait pas venir mais Djem l'avait décidé en faisant un peu de chantage.

—Tu es là grâce à mes images, non ? Tu peux bien faire ça pour moi. Je veux rencontrer Sandiane Maguelonne. C'est elle qui m'a fait venir ici et je ne l'ai pas encore vue ! Je pensais lui parler après l'amerrissage. Raté. Elle a filé sans se montrer. Fais-le pour moi, Corian. C'est toi la vedette.

Du coup, Corian était allé trouver Béla Dorre, une femme de l'équipe de CWV. Une heure plus tard, en compagnie des deux garçons, celle-ci sonnait à la porte des Maguelonne. Béla la fouineuse avait déniché leur adresse. Elle recula lorsque la porte s'ouvrit et que Mel apparut dans l'embrasure, perplexe devant ces deux adolescents inconnus face à lui.

—Je... bonjour, balbutia Corian. Nous sommes venus... pour...

Mel aperçut alors Béla et sa caméra estampillée CWV.

—Qu'est-ce que... Ce n'est pas vrai ? rugit-il. Vous n'allez tout de même pas venir nous filmer chez nous maintenant ? Vous ne pouvez pas nous laisser tranquilles ?

Constatant que Corian était statufié, Djem passa à l'action.

—Monsieur, nous sommes arrivés aujourd'hui sur Autremer dans l'Abîme Mané-jeï, jeta-t-il en toute hâte. Nous voulions remercier madame Maguelonne de nous avoir conduits jusqu'ici depuis Djauze. Est-ce qu'elle est ici ? Peut-on la voir ?

Soudain, Béla alluma un projecteur. Mel, aveuglé par la lumière, allait leur claquer la porte au nez lorsque Aëla vint se glisser à ses côtés.

—Je suis Djem Rand-Soroly, et voici Corian Jon-Scalia, poursuivit le lutin roux en fixant le père, puis la fille.

Mel voulut repousser Aëla, mais elle s'accrocha à son bras, suppliante. Son regard glissa de son père aux deux garçons. Corian observait la fillette avec étonnement. Avec ses longs cheveux, son petit visage triangulaire, ses grands yeux couleur de mer sauvage et son sourire énigmatique lèvres closes, on aurait dit un ange. D'autant que le projecteur l'auréolait de lumière. Elle cligna des yeux. Corian se tourna vers Béla et ordonna :

—Éteignez ça !

La pénombre revint. Il ne resta plus que le halo de l'éclairage de la villa pour nimber la petite fille à contre-jour. Elle lâcha le bras de son père et lança joyeusement :

—Au revoir, Djem !

Puis elle se tourna vers Corian et, d'une voix adoucie par un sourire complice, elle ajouta :

—À bientôt, Corian !

Elle disparut.

—Allez-vous-en ! gronda Mel. Il sera bien temps de vous voir envahir nos écrans.

Cette fois, il claqua la porte.

Sur le chemin du retour, Djem demanda à Béla s'il pouvait visionner les images tournées. La cadreuse lui tendit la nanocam et il déclencha la lecture rapide.

—Stop ! dit soudain Corian, qui s'était penché sur le petit écran.

L'image se figea sur les yeux verts en gros plan.

—Qui est-ce ? demanda-t-il.

—Aëla Maguelonne, répondit Béla Dorre en jetant un coup d'œil, surnommée la « petite fée des Abîmes ». On dit qu'elle peut pénétrer dans n'importe quel Abîme, même en l'absence de son perl.

—Elle est…

Corian s'arrêta, ne trouvant pas de mot.

—Bizarre ? suggéra Djem… Mignonne ?

—Étonnante, acheva Corian. Participera-t-elle à l'épreuve d'osmose pour devenir perl ? demanda-t-il à Béla.

—Non, justement. C'est bien ce qui est étrange. Elle a tout pour réussir, mais elle refuse obstinément de se présenter. Il paraît que du coup sa mère est dans une rage folle.

Corian sourit. Sans quitter l'image des yeux, il se cala dans le siège du taxi en se mordillant la lèvre inférieure et en hochant un peu la tête. Djem remarqua son manège et son regard dans le vague.

—La petite fée des Abîmes, hein ? ironisa-t-il. Tu veux jouer les baby-sitters ?

Corian haussa les épaules. Tandis que le taxi antigrav les ramenait à l'hôtel où CWV les hébergeait, il ferma les yeux. Entrer dans tous les Abîmes… Il y en a qui naissent sur la bonne planète.

6
Quarante-six milliards de regards

Information à destination des H.2A (habitants accrédités d'Autremer)

Un événement imprévisible s'est produit hier vers 15 heures, temps universel. Un Abîme non identifié, de taille immense et sans plaques additionnelles, est entré dans l'espace autremerien. Il s'agirait d'un Abîme sauvage, nommé provisoirement Néo-one, immatriculation N-o, ayant échappé au contrôle des naissances.

Cette information est strictement confidentielle. L'épreuve d'osmose des candidats perls va commencer dans les heures qui viennent. Si des témoins voient cet Abîme, il conviendra de minimiser l'incident. Rappelons que l'épreuve, filmée pour la première fois en direct par CWV pour l'émission Les Vainqueurs de l'Impossible, *atteindra un taux d'audience record.*

Paz Kelleven, contrôleur en chef
du centre astroport d'Obériel

Corian était au deuxième rang. Devant lui, une fille avec un chignon multicolore lui cachait une bonne partie de la salle. Malgré les gradins sur lesquels se tenaient debout les cinq cents candidats, Corian ne voyait pas grand-chose. Il cherchait Djem dans le gouffre noir de l'immense auditorium face à lui, mais les projecteurs braqués sur la scène l'aveuglaient. Renonçant à trouver son ami dans la foule, il se mit à détailler ses voisins, les autres concurrents.

En arc de cercle, les cinq cents candidats formaient trois groupes. À droite se tenaient les deux cent cinquante postulants autremeriens, immobiles, discrets, presque ternes sous les sunlights. À gauche, plus remuants, bavardaient les deux cents jeunes sélectionnés sur les autres mondes. D'un côté comme de l'autre, il y avait sensiblement autant de garçons que de filles. Ces quatre cent cinquante jeunes, choisis parmi des milliers de postulants ayant posé leur candidature auprès de l'UPAA, avaient passé avec succès les fameux tests auxquels Corian avait failli participer sur Djauze.

Enfin, entre ces deux groupes trônaient au centre de la scène les cinquante Vainqueurs de l'impossible. Un arc-en-ciel de mauvais goût. Quelques minutes plus tôt, dans une salle adjacente à l'auditorium du centre audiovisuel d'Apalanche, les vingt-cinq filles et les vingt-cinq garçons recrutés par CWV avaient dû enfiler des tenues aux couleurs criardes.

— Vous ne voulez tout de même pas que je mette ça ? avait rugi un grand Noir en repoussant une combinaison moulante aux reflets rosés.

—Rose et noir, c'est très joli, avait susurré une petite habilleuse.

—Je suis Yilmir N'Ba, descendants de nobles Massaïs terriens chasseurs de lions. Vous voudriez que je me déguise en clown ?

Corian avait retenu un rire. Une voix avait alors retenti dans leur dos.

—Tu as signé un contrat, mon gars. Si tu préfères retourner dans ta cambrousse chasser le lion, libre à toi. D'autres jeunes crèvent d'envie d'être à ta place. Compris ?

Le ton était méprisant. Les deux garçons avaient échangé un regard lourd de sens avant de se retourner vers celui qui avait parlé.

Ils avaient alors découvert « en vrai » Myto Meretta.

Maintenant, face à la foule des journalistes dans l'auditorium, Corian se tenait à côté du jeune Massaï.

—Je m'appelle Corian Jon-Scalia, dit-il. Je viens de Djauze.

—Oh... dit l'autre. C'est toi qui t'es fait repérer directement par Sandiane Maguelonne ? Dis donc, tu es déjà une vedette avant que ça commence.

En entendant cet échange, la fille au chignon devant eux se retourna.

—Salut, moi c'est Lisbell Volcano. Je viens d'Edyntown, sur Vulcain. J'ai une interview tout à l'heure. Autrefois, ma planète était aussi hostile que la tienne, Corian. C'est vrai que tu es célèbre, minauda-t-elle avec un clin d'œil. Je parlerai de toi.

Corian ne sut quoi répondre. Il n'eut d'ailleurs pas à

le faire car les festivités commençaient, lancées par l'entrée en scène de deux Autremeriennes. Corian reconnut la capitaine Eviana Kelleven. La jeune femme qui l'accompagnait lui ressemblait beaucoup. Le garçon comprit qu'il s'agissait de Manault Maguelonne, la sœur d'Eviana. Sa fonction de responsable des relations publiques d'Apalanche la projetait en première ligne des événements. Elle semblait épuisée. Elle devait être partout à la fois depuis des jours.

Le but de cette matinée était une conférence de presse retransmise sur CWV pour présenter les candidats. Les nanocams de la chaîne voletaient au-dessus du public. Des journalistes de tout l'Essaim étaient présents. La nouvelle loi autorisant le parrainage de candidats par une société privée déchaînait des passions. Certains étaient pour, d'autres farouchement contre. Inutile de préciser que ce débat bien tardif écœurait les Autremeriens. Malgré tout, faisant contre mauvaise fortune bon cœur, ils assuraient au mieux l'organisation matérielle de l'événement. Qu'il était loin le temps où le secret entourait la présentation d'adolescents aux Bathys, moment essentiel pour l'harmonie de la planète-océan…

—Tout le monde connaît le principe de l'osmose, c'est-à-dire le choix des perls par les Bathys ? demanda Manault Maguelonne après avoir salué l'assemblée.

—Si vous pouviez nous en rappeler les grandes lignes… Je ne comprends pas tout, dit une voix sur le côté droit de la salle.

Manault jeta un coup d'œil à sa sœur et lui fit signe de prendre le relais.

—L'osmose est un phénomène unique, commença Eviana. C'est un acte d'amour, une alliance pour la vie.

La voix douce de la jeune capitaine fit taire le brouhaha dans l'auditorium mieux que n'importe quel porte-voix. Chacun écouta avec attention.

—Un rappel historique avant toute chose. Lorsque les premiers colons terriens s'installèrent sur Autremer, les troupeaux d'Abîmes étaient sauvages. Petit à petit, tout le cheptel fut domestiqué. Non sous la contrainte, mais par choix ; un choix des Abîmes eux-mêmes. De là vient d'ailleurs la devise des pilotes de l'UPAA : rien par force, tout par amour. Si on présente des adolescents garçons ou filles à un bébé Abîme (que nous nommons Bathy) dans l'année qui suit sa naissance, l'animal accepte qu'un de ces jeunes humains vienne à l'intérieur de son corps jusqu'à pénétrer dans son cervœil. Il s'en suit une union définitive, un lien indéfectible. C'est ce choix des Abîmes que nous appelons l'« osmose ». Le Bathy sera alors entièrement dévoué à son perl. Quand celui-ci, plus tard, lui demandera de le conduire dans l'espace, le Bathy devenu Abîme le fera, de la manière la plus fiable qui soit.

—Les Bathys ont donc tous presque un an au moment de l'osmose ? demanda un des journalistes.

—Il y a eu quelques cas rarissimes d'osmose absolue, répondit Eviana, c'est-à-dire dans les heures suivant la naissance du Bathy. La dernière en date est celle de Sandiane Maguelonne avec sa femelle Manéjeï, vaisseau sur lequel j'ai l'honneur de servir. Généralement l'osmose se produit quand le Bathy est âgé de dix à douze mois.

—Combien y aura-t-il de Bathys pour l'épreuve de cette année ? s'enquit une voix féminine.

—Cent soixante, répondit Manault en devançant sa sœur. Le taux annuel des naissances de nos Abîmes est stable.

—Ce qui signifie que, sur les cinq cents jeunes présents sur la scène devant nous, moins de un sur trois seulement sera accepté par un Bathy et deviendra perl… conclut la même voix féminine.

—Pour assurer le libre choix des Bathys, des décennies d'expérience nous ont montré qu'il fallait leur présenter au minimum trois fois plus de candidats que le nombre de perls requis.

À ces mots succéda un silence total.

Corian ferma les yeux. Le stress des candidats autour de lui était palpable. Un sur trois… Ils le savaient tous. Chacun connaissait les statistiques, mais c'était autre chose de se l'entendre dire en face, lorsqu'on était là, si près du but…

—Cette année, à la demande expresse de la Chambre des Cent Mondes qui a légiféré sur ce point, tout le monde sait que cinquante jeunes seront suivis par des caméras, jeta Manault du bout des lèvres.

Comme s'ils avaient attendu ce signal, certains des adolescents recrutés par CWV se mirent à taper des pieds et à crier en levant les bras. Corian et Yilmir, médusés, virent devant eux Lisbell hurler à qui mieux mieux. Les deux garçons se regardèrent sans broncher. Étaient-ils les seuls à percevoir tout le ridicule de la situation ? Un sur trois parmi cinq cents ne voulait pas dire du tout que les cinquante poulains de CWV seraient automatiquement choisis par les Bathys. Autour d'eux, la plupart des jeunes en tenue bariolée semblaient cependant sûrs de leur victoire.

Un homme dont la casquette arborait le sigle CWV prit alors la parole. Le bouche-à-oreille, dans la salle et sur scène, fit courir un nom : Myto Meretta.

— En permettant à chaque spectateur de comparer les aptitudes des postulants, nos candidats médiatisés aideront la cause de vos Abîmes, madame, lança d'un ton mielleux le présentateur. Seuls les meilleurs devraient réussir. Nul doute que parmi les Vainqueurs de l'impossible se trouvent beaucoup de gagnants…

Le groupe de braillards se remit à tempêter de plus belle sur la scène. Eviana allait lancer une réponse cinglante, mais Manault la devança.

— Vous traduisez sans doute l'opinion de votre chaîne, monsieur, dit la jeune femme avec un sourire diplomatique. Or il n'y a ni champion ni vainqueur dans l'épreuve d'osmose. Ce n'est pas une compétition. Il n'y a qu'un animal merveilleux de puissance et de générosité qui choisit un adolescent pour l'accompagner tout au long de sa vie. Ces jeunes perls seront des élus… pas des… vainqueurs. Pour nous, vos Vainqueurs de l'impossible sont des candidats comme les autres, au même titre que les candidats recrutés par l'UPAA sur Autremer et sur les Cent Mondes. Nous travaillons avec le vivant, monsieur Meretta, dit-elle en soulignant bien le nom, et dans le registre de l'affection rien n'est prévisible.

—Nous verrons bien, madame Maguelonne, ironisa Meretta en lui rendant la politesse. Rendez-vous dans deux jours…

Les derniers mots avaient été lancés sur un tel ton de défi que Manault jugea plus prudent d'arrêter là la polémique. Elle déclara la conférence de presse terminée après avoir évoqué l'organisation de l'épreuve. Les cinq cents candidats seraient présentés aux Bathys le surlendemain. Logiquement, tous les bébés Abîmes auraient choisi leur perl dans la journée. CWV retransmettrait en non-stop les images de ses cinquante candidats, mais il était évident que dans le champ des nanocams on verrait aussi les autres… même si ceux-ci n'avaient pas du tout envie d'être filmés.

Les journalistes sortirent de la salle. Pendant que les candidats quittaient la scène pour partir vers les coulisses, Corian chercha à nouveau Djem du regard. Il l'aperçut enfin qui venait à sa rencontre. Faisant un petit geste d'au revoir à Yilmir, Corian rejoignit son ami. Du coup, ils se retrouvèrent près d'Eviana qui, les reconnaissant, s'approcha d'eux avec un sourire. Elle les présenta à Manault, dont le com de poignet se mit à tinter. Manault capta la communication grâce à la nanoreillette greffée dans le lobe de son oreille. Elle eut une mimique étonnée. Eviana demanda :

— Qui est-ce ?

— Sandiane, elle arrive.

Djem écarquilla les yeux et un sourire ravi s'épanouit sur son visage. Enfin il allait rencontrer Sandiane Maguelonne !

Celle-ci fit soudain irruption sur la scène et, sans voir les garçons, s'adressa nerveusement aux deux sœurs :

— On a un gros problème. L'Abîme sauvage qui m'a suivie l'autre jour a amerri au large d'Obériel. Le centre de contrôle demande une réunion d'urgence sur place avec Mel pour représenter l'UPAA. C'est la panique, là-bas. Les perls disent tous que leurs bêtes sont perturbées. Venez, on y va. Rejoignons Mané-jeï. Nous serons revenues ce soir. Mel est déjà parti avec Tsan-kur et...

Eviana parvint enfin à l'arrêter. D'un geste du menton, elle lui désigna Corian et Djem, statufiés à quelques mètres.

— Corian Jon-Scalia et Djem Rand-Soroly, dit-elle.

D'un coup, Sandiane comprit qu'elle avait parlé bien imprudemment. Elle s'approcha des deux garçons.

— L'équipe de CWV doit être en train de vous chercher, non ?

— Je n'ai pas de contrat avec eux, moi, répondit Djem en relevant le menton.

— Et moi, j'aimerais respirer un peu, soupira Corian.

— Oh, très bien, dit-elle. Et quels sont vos projets, jeunes messieurs ?

Sans même regarder Corian, Djem lança :

— Aller avec vous à la réunion dont vous venez de parler.

Corian se figea. Sandiane se mordit les lèvres en lançant un regard à Eviana et à Manault.

— Tu as le sens de l'à-propos, toi, dit-elle. Tu ne louperas guère de scoops ! On appelle ça un coup de pression, non ?

Ce n'était pas une vraie question. Les garçons ne bronchèrent pas.

— On va transiger, concéda-t-elle. Aëla veut vous revoir. Donnant donnant. Je vous emmène à Obériel et je vous ramène ce soir, mais vous jurez de ne rien dévoiler de ce que vous allez vivre avec nous aujourd'hui. Pas de caméra, pas de micro, OK ?

Djem hocha affirmativement la tête très vite.

— Nous sommes bien d'accord ?

Cette fois, ce fut Corian qui opina du chef. Sandiane se mit alors en marche, entraînant Djem par le bras. Corian leur emboîta le pas. Manault et Eviana suivirent, renonçant à comprendre les motivations de la perl.

— Sur Djauze, cette nuit-là, confia-t-elle au petit rouquin, mon objectif pixelon avait fini par griller. Si tu n'avais pas filmé Mané-jeï en train de créer cet effet de stase fixe, je n'en aurais eu aucune preuve. Bravo. Tu as de l'avenir derrière un casque-viseur, chou ! Tu feras un sacré reporter.

Une demi-heure plus tard, à bord de Mané-jeï, Djem en était encore tout retourné. Sandiane lui avait plaqué deux bises sur les joues pour le féliciter de son exceptionnelle prise de vues. Elle les avait ensuite laissés dans les salons passagers qu'ils connaissaient déjà et avait disparu aux commandes de son Abîme.

—Eh, remets-toi, dit Corian en riant.

—Elle m'a appelé chou, tu as entendu ? Elle m'a appelé chou.

Corian haussa les sourcils en tentant vainement de retenir un fou rire.

—Dire que tu me casses les ouïes dès que j'ai le malheur de t'appeler Djemie ! Chou… C'est…

—Laisse tomber, lâcha Djem avec mépris. Tu ne peux pas comprendre. Tous les professionnels de l'audiovisuel s'appellent mutuellement chou !

Les sourcils de Corian montèrent encore d'un cran.

—Ben, y'a des jours où finalement on est content de ne pas se destiner à certains métiers !

Djem lui bourra les côtes de coups de coude.

—Parce que tu crois qu'être une « perle » pour un gars, c'est moins idiot peut-être ?

À ces mots, les poings volèrent pour une joute amicale entrecoupée de fous rires.

—Ils portent ce nom parce qu'ils sont comme la perle dans l'huître, rétorqua Corian, enkystés nus dans le cervœil de leur Abîme. C'est… noble, asséna-t-il sur un ton qui n'admettait pas de réplique.

—Ni plus ni moins que d'être le chou de Sandiane Maguelonne.

Les deux garçons reprirent leur fou rire. Soudain ils sentirent le vaisseau se mettre en mouvement.

— Eh, on va décoller. Où a-t-elle lieu cette réunion déjà ? s'inquiéta subitement Djem.

Il regarda Corian qui avait le regard brillant. En ce qui le concernait, qu'importait la destination du moment qu'il volait encore dans un Abîme !

Un mouvement léger dans leur dos les fit se retourner. Aëla était là, appuyée contre la paroi de chair qui avait ouvert une entrée pour elle dans la cabine où se tenaient les deux garçons.

— Salut. Où allons-nous exactement ? répéta Djem en s'adressant cette fois directement à elle.

Elle ne répondit pas. Un sourire moqueur flottait sur ses lèvres closes. Corian, après l'avoir regardée un moment, lui fit un clin d'œil auquel elle répondit par un froncement de son joli petit nez. C'est alors qu'ils sentirent la poussée du vaisseau en phase de décollage.

— Si on ne me dit pas où on va, je porte plainte pour enlèvement ! gronda Djem.

Aëla éclata de rire.

— Obériel, dit-elle en retrouvant son sérieux. Chez Madery.

Puis elle disparut. Le temps d'un souffle, elle n'était plus là, la paroi s'était refermée. Comme si les garçons avaient rêvé son apparition. Le renseignement donné à Djem ne l'avait guère avancé. Il ne savait pas qu'Obériel était la deuxième capitale d'Autremer, et encore moins qui était Madery.

7
Le retour d'un géant

La photo représente un Abîme jaillissant des eaux. La gigantesque masse est claire. C'est un mâle (les femelles sont toujours couleur d'argent sombre). Il s'élève, le corps arqué, la tête déjà pointée vers le vide sidéral qu'il veut rejoindre. Les flots d'écume autour de l'animal roulent jusqu'aux rochers de la côte en déferlantes puissantes. On devine dans ce départ brutal une force sauvage. Est-ce la rage, la haine ou l'amour qui pousse l'Abîme à prendre son envol et à quitter avec tant de brutalité son monde natal ?

En face de lui, sur les rochers, une minuscule silhouette humaine se tient les bras levés. L'homme semble implorer l'animal. Dans quel but ? Vénérer en lui la force d'une divinité ? Lui demander de porter au loin le message des hommes ? Ou, tout simplement, le supplier de rester…

La photo est un vieux cliché holonumérique. Il a dû être regardé souvent car des traces de doigts ternissent une inscription : Paul, face à Jiu-kam au moment de son départ.

La villa de Madery Maguelonne jouxtait celle des Kelleven. Le quartier résidentiel d'Obériel était composé d'une succession de dômes sous-marins abritant des maisons reliées entre elles par des tunnels privés. Dès l'amerrissage de Mané-jeï, Sandiane avait expédié sa fille et les garçons directement vers la maison. Dans l'antigrav automatisé qui les conduisait jusqu'à la villa, Corian et Djem, impressionnés, ne pipaient mot. Aëla était assise entre eux, et les deux garçons se collaient contre les parois pour lui laisser le maximum de place. Elle riait sous cape en voyant les efforts qu'ils faisaient pour ne pas l'effleurer. Lorsqu'ils arrivèrent, le toit du véhicule se souleva pour se transformer en escalier latéral. Djem ne put retenir la remarque qu'il s'était déjà faite lors de leur montée dans le véhicule.

—Ce ne serait pas plus simple de mettre des portières ?

—Plus hermétique comme ça, répondit Aëla.

Comme les garçons la rejoignaient devant la balise du transpondeur qui les avait guidés jusque-là, elle précisa :

—C'est amphibie.

Du coup, Corian détailla un peu plus la petite coque ovale, sans roues bien sûr, dont le toit cockpit était modulable à souhait. Il cogna de l'index contre le matériau qui le constituait.

—Spacestuff durci, l'informa Aëla.

Le sifflement de Djem traduisit aussi l'étonnement admiratif de Corian. Les polymatériaux rigidifiés étaient encore rarissimes.

— Ah, si on avait ça sur Djauze pour nous protéger du Dragon ! dit Corian.

— Raconte ! demanda simplement Aëla en invitant les garçons à la suivre à travers le jardin.

Corian se mit à décrire leur océan, si différent de celui que connaissait Aëla. Il évoqua la menace quotidienne des marées rouges, les quartiers scratch, les immeubles flottants… Tout cela semblait si loin !

Lorsqu'ils pénétrèrent dans la maison, un vieil homme était là. Corian et Djem restèrent en retrait, le temps qu'Aëla se serre affectueusement contre lui et qu'il l'embrasse dans les cheveux.

Elle se tourna vers les garçons et le présenta.

— Mon arrière-grand-père Madery.

— Et vous, vous devez être Corian et Djem, dit-il en pointant successivement sans erreur son doigt vers les adolescents.

— Atan-koï… murmura Corian en le dévorant des yeux. Votre grande Abîme… Elle est giga-pro !

Madery sourit.

— Peu académique comme façon de me saluer, mais plutôt sympa, ironisa le vieil homme. Bienvenue, Corian.

— Excusez-le, intervint aussitôt Djem, il perd un peu les semelles depuis qu'il est sur Autremer !

Madery et Aëla éclatèrent de rire.

— Tu sais, Djem, rien ne peut me faire plus plaisir que d'entendre parler d'Atan-koï avec admiration. Elle est effectivement exceptionnelle, même si elle commence à prendre de l'âge, comme son perl, hélas.

Heureusement, vous êtes là pour prendre la relève peut-être.

—Oh, pas moi ! se défendit aussitôt Djem en faisant la moue. Je n'ai pas du tout envie d'entrer tout nu dans une masse translucide et molle !

Corian lui écrasa le pied tout en lui donnant un coup de coude. Cet idiot allait les faire jeter. Oser parler ainsi d'une chose aussi intime que l'accès au cervœil d'un Abîme… et devant l'un des perls les plus célèbres de toute la Galaxie en plus ! Mais Madery redoubla de rire. Il allait répondre à ce petit rouquin irrespectueux lorsque la porte s'ouvrit. Sandiane et Mel apparurent. Quatre personnes les suivaient : Manault, Eviana et leurs parents, Vilma et Paz Kelleven, le contrôleur en chef du centre spatial d'Obériel.

Les yeux des parents Kelleven se fixèrent sur les deux garçons que Madery prit par les épaules. Sandiane les présenta :

—Corian, un des Vainqueurs de l'impossible, et son copain Djem.

Elle ajouta en avançant vers le centre du salon :

—Ils ne répéteront rien.

Après quelques haussements de sourcils, les autres la suivirent. Si Madery lui-même n'y voyait pas d'objection… Aëla fit signe aux garçons de venir près d'elle sur l'escalier. Elle leur murmura le nom des personnes nouvellement arrivées. Ils s'assirent, soulagés de se tenir un peu à l'écart.

—Paul est là ? demanda Mel à Madery en embrassant son grand-père.

— Oui, répondit Paul Maguelonne en se levant d'un fauteuil dont le dossier l'avait caché aux regards.

— Bonjour, dit-il.

Il avait bien sûr tout entendu. Jetant un coup d'œil glacial vers les deux garçons, il soutint fermement le regard de Sandiane. Finalement, se tournant vers son neveu, il dit :

— Où en est-on de notre problème ?

— La première chose à faire, répondit Mel, c'est d'identifier cet Abîme inconnu.

— Comment ? objecta Paul. S'il n'a pas de plaques additionnelles…

Les adultes s'installèrent dans des fauteuils couverts d'un cuir étrange. De la peau de squale, sans doute. Corian détailla le décor autour de lui. Les baies vitrées donnaient directement sur les fonds marins et il se prit à rêver. Quelle sensation extraordinaire devait-on ressentir en fendant ces eaux bleues et limpides dans le cervœil d'un Bathy ! Il en crispa ses mains d'envie sur la marche d'escalier où il était assis. *Patience, l'épreuve a lieu après-demain,* se dit-il. Justement la conversation roulait sur ce sujet.

— Les gars de CWV ont installé des studios flottants en spacestuff directement au large du lieu d'osmose, disait Mel. Trente modules ! Une vraie usine. Avec des nanocams partout. Comment veux-tu que cet Abîme inconnu passe inaperçu si jamais il lui prend l'envie de venir amerrir à cet endroit-là ?

Sandiane, à qui Mel posait la question, ne répondit rien.

—Si au moins on savait à quoi il ressemble… murmura Paul.

—Un gars du contrôle l'a photographié ce matin avant qu'il ne se pose au large.

Paz Kelleven tendit un holodisc à Paul, que ce dernier glissa dans un récepteur mural.

L'hologramme d'une silhouette claire se matérialisa et tourna lentement au centre du salon.

—Fffff, siffla Djem, quel monstre !

—Il est magnifique tu veux dire, corrigea Corian, qui dévorait l'animal des yeux.

—Rien qui nous permette de le reconnaître, constata Mel.

—Aucune plaque en effet, surenchérit Paz Kelleven. Soit il n'en a jamais eu, soit elles ont disparu.

—Il est en pleine force de l'âge, dit Paul. C'est un adulte accompli, un dominant potentiel. Voilà pourquoi tout le cheptel de nos Abîmes apprivoisés voit son arrivée d'un mauvais œil. Nos mâles domestiques perçoivent ce concurrent au milieu d'eux avec rage. Si jamais il lui prend l'envie de séduire une de nos femelles, je crains le pire…

—D'où peut-il venir ? murmura Mel. Je ne vois rien permettant de l'identifier…

—Zoom et rotation plus lente, ordonna Paul à l'appareil de projection.

Le silence se fit tandis que l'hologramme doublait en taille et ralentissait sa rotation.

—Stop !

—Peut-être…

Madery et Corian venaient de parler en même temps. Le vieil homme, qui avait dit « stop », sourit en direction du garçon qui n'avait pu retenir son « peut-être… ».

— Toi d'abord, dit-il au garçon. Viens nous montrer.

Sandiane, Mel et les autres affichèrent une mine étonnée. Madery perdait-il la tête ? Comment ce gamin verrait-il quelque chose qu'eux-mêmes…

— Là, dit Corian en longeant du doigt le ventre de l'animal. Il y a une ombre. On ne la voit pas bien car l'hologramme de monsieur Kelleven est pris…

— En plongée ! lança Djem, tout heureux d'étaler un peu de sa science en matière de prise de vues. Pour qu'on voie ce qu'il a sous le ventre, il faudrait un calculateur hypothétique et…

— Recentrer puis inverser en numérisant à partir de données réévaluées ! Bien sûr, s'exclama Sandiane en serrant le poing. Viens, Djem, j'ai un calculateur dans mon studio perso.

Djem bondit de l'escalier et s'approcha de Sandiane, qui éjectait l'holodisc.

— Je croyais que vous habitiez à Apalanche, dit-il.

— Oui mais mon studio est ici. C'est plus grand, tu vas voir.

Ils disparurent.

— Tu allais dire quoi, papa ? demanda Paul à Madery.

— La même chose que Corian. Je venais de voir la trace plus sombre. Je pense savoir ce que c'est. Attendons l'image de Sandiane et de Djem.

Ils réapparurent bientôt, et Sandiane chargea la nouvelle image dans le projecteur holo. La silhouette de l'Abîme se mit à pivoter comme un gros chat qui aurait souhaité qu'on lui gratte le ventre, ce ventre justement où était maintenant visible une longue trace foncée qui avait la forme étrange d'un S s'achevant en éventail ou en patte d'oie.

— Ce n'est pas possible… murmura Paul.

Avec un bruit de gorge, presque comme un sanglot, il porta une main à son visage et se frotta nerveusement joue et menton.

— Cicatrice, dit Aëla en venant s'appuyer affectueusement contre Eviana.

— Je ne peux pas y croire, reprit Paul.

— Et pourtant, il est là, asséna Madery.

— Qui ? Quoi ? Vous le connaissez ? demanda Paz Kelleven.

— Une dernière vérification, dit Madery en se levant pour fouiller dans un meuble.

Il sortit un holoalbum photo et en détacha un cliché animé qu'il inséra dans un projecteur. L'image mouvante s'afficha : une silhouette d'Abîme jaillissant des eaux et un homme, minuscule, en face, sur les rochers, l'implorant bras levés. Le mouvement recommença, encore et encore, principe même des anciennes holophotos. Tout le monde dévorait la projection des yeux. L'Abîme était blessé. Une longue balafre en forme de S se terminait par une éventration en étoile, et en dessous apparaissaient à intervalles réguliers ces mots écrits à la main, immenses sur le mur écran : Paul, face à Jiu-kam au moment de son départ.

—Jiu-kam ? dit Mel, incrédule, avant de se tasser dans le fauteuil comme si on venait de le frapper.

—Jiu-kam ? répéta Paz Kelleven.

Les regards de Paul et de Madery croisèrent celui de Mel. Aucun doute. Ils étaient sûrs et certains.

Aëla s'approcha de son père et s'assit sur l'accoudoir nacré de son fauteuil. Mel était si replié sur lui-même dans les coussins que sa fille ainsi installée le dominait étrangement. Elle posa sa joue contre les cheveux de son père. Mel, la voix plus que chargée d'émotion, se mit à expliquer :

—Je suis devenu orphelin à l'âge de six ans. Trois fois orphelin : ma mère, mon père et Jiu-kam, l'Abîme de mon père, disparurent cette année-là.

Corian retenait son souffle, figé sur l'escalier où il était retourné s'asseoir. Tout en écoutant, il continuait à dévorer des yeux l'immense silhouette holographique qui tournait doucement.

Cet Abîme était celui de Melvin Maguelonne, perl exceptionnel, tragiquement disparu vingt-sept ans plus tôt avec son épouse, Katelle, dans un vulgaire accident de capillaire. Un tsunami totalement imprévisible avait brisé comme un fétu de paille le tube de plasverre où circulait une rame bondée. La pression avait disloqué les wagons et emporté dans un raz-de-marée tous les passagers. Pas de corps sur lesquels pleurer. Mel, petit garçon désespéré, avait voulu mourir pour rejoindre ses parents dans les profondeurs sous-marines. Le pire moment avait sans doute été celui où, pénétrant seul jusqu'au cervœil de Jiu-kam, l'enfant avait dû faire comprendre au grand Abîme que son perl était mort et qu'il ne viendrait plus jamais s'unir à lui pour accomplir de fantastiques voyages.

Jiu-kam, après avoir rendu l'enfant à son oncle Paul, avait choisi de disparaître. Fou de douleur, il avait tenté de s'éventrer sur les hauts-fonds, mais les océans d'Autremer n'avaient pas voulu reprendre cet animal merveilleux qu'ils avaient vu naître.

Quand Paul avait compris que l'Abîme de son frère, blessé, allait quitter Autremer, il avait tout tenté pour le retenir. En vain. Jiu-kam était parti. Personne ne l'avait jamais revu. On avait supposé qu'il avait stasé seul à travers la Galaxie jusqu'à se perdre dans un trou noir ou une nébuleuse quelconque. Tout le monde le croyait mort. Il ne restait rien du grand Jiu-kam sauf des holophotos, et en particulier ce cliché pris par Madery le jour de son départ alors que Paul le suppliait une ultime fois.

Et voilà que ce géant mythique était de retour vingt-sept ans plus tard ! Une question s'imposa alors à tous ceux qui contemplaient en silence l'hologramme de l'Abîme au milieu du salon : où était-il parti pendant tout ce temps ?

8
L'épreuve d'osmose

B*onjour,*

Ici Myto Meretta qui s'empare de votre système com pour Les Vainqueurs de l'Impossible*! Bravo à ceux qui ont programmé leur récepteur sur Priorité Une. Priorité Une aujourd'hui, c'est CWV! Votre chaîne de cosmovision, la seule, l'unique, celle qui va vous faire vivre en direct l'épreuve d'osmose des futurs perls d'Autremer. Des moments inoubliables, époustouflants.*

Nous entrons chez vous au moment où les candidats parrainés par notre chaîne arrivent sur les quais d'Apalanche. Vous les connaissez bien maintenant, ces adolescents tous très jeunes, ainsi que le veulent les Abîmes eux-mêmes. Ils sont vos favoris, vos gagnants, vos vainqueurs, ceux qui, pour vous, vont réaliser ce qui semble impossible pour le commun des mortels: pénétrer dans le cervœil d'un Bathy, devenir perl.

Encouragez-les en votant sur notre site du MégaRés. Lou-Jane, Bertille, Mavra et Lisbell étaient, il y a quelques minutes, premières dans vos cœurs. Quant aux garçons... Gaubert, Plym, Jéno et Corian restent vos favoris. Tels sont vos huit préférés parmi nos cinquante champions à subir l'épreuve. Go ! Go ! Nous sommes quarante-six milliards derrière eux. Ils vont vaincre... l'impossible !

Émission en direct de Cosmo World Vision

— Ce n'est pas « Go ! Go ! » que tu devrais gueuler comme ça, c'est gaga ! s'exclama Madery Maguelonne en s'adressant à l'hologramme qui venait de surgir au milieu du salon.

Le vieil homme se tourna en direction du bureau.

— Mel, cria-t-il, ça vient de s'allumer tout seul. Ces fangeux contrôlent mon système com à distance ! Ce Zozotta d'un mètre quatre-vingts envahit ma maison sans prévenir !

Avec un sourire, Mel apparut dans l'embrasure de la porte.

— Madery... Depuis le temps que je te dis qu'il suffit de programmer l'appareil en zoom arrière pour que les gens ne fassent plus que cinquante centimètres de haut !

Le vieil homme bougonna et balança une grande gifle à travers l'image holographique :

— Même avec cinquante centimètres de haut, Meretta me brise les ouies ! Ce type serait capable de rameuter les foules à propos de l'influence des pets de poisson sur les ondulations de la mer !

Mel éclata de rire.

— C'est le progrès, Mad ! Comme dit Sandiane, on

n'échappe pas à la cosmo. Désormais, les journalistes présentateurs vivent au milieu de nous. Où est Aëla ?

— Partie avec sa mère à Apalanche.

Mel se figea. Sandiane avait réussi à convaincre Aëla de l'accompagner à l'épreuve d'osmose ?

— Elle y est allée pour Corian, intervint Madery comme s'il avait lu dans les pensées de Mel. Ce garçon a quelque chose d'unique. Ta fille l'a bien senti. Je ne vais regarder aujourd'hui cette satanée émission que parce que les nanocams de CWV vont être braquées sur lui. Ils font tout un cinéma à son propos, c'est écœurant. Pauvre gosse…

Le vieil homme jeta un regard vers son petit-fils, toujours immobile à l'entrée de la pièce.

— Regarde, il est en couverture de l'holoprogramme.

Sur la table basse, une revue étalait un gros titre : « Idylle entre deux Vainqueurs de l'impossible. Lisbell avoue se sentir très proche de Corian. Est-ce le grand amour ? » Une photo affichait les deux adolescents tout près l'un de l'autre.

Mel s'avança.

— C'est un coup de pub, poursuivit Madery. Il a suffi de faire poser Corian près de cette fille sous un prétexte quelconque et hop, ils s'aiment ! Quand Aëla a découvert la revue, hier, elle l'a montrée à sa mère avec un air tout triste. Sandiane lui a expliqué les méthodes de certains journalistes pour faire rêver les midinettes des Cent Mondes. Aëla a retrouvé son sourire.

Mel s'assit aux côtés de son grand-père.

— Je ne m'y ferai jamais, poursuivit le vieil homme. Embobiner les gens sous prétexte de les distraire de leur quotidien...

Devant eux, Myto Meretta se gargarisait de la « fantastique organisation » de CWV qui allait permettre de suivre en pluridiffusion les cinquante Vainqueurs de l'impossible simultanément.

Mel soupira.

— C'est de la folie ! Si Jiu-kam arrive au milieu de la zone d'osmose...

Madery ne répondit pas. Pour l'instant, l'Abîme incontrôlé avait quitté la zone d'Obériel et se cantonnait dans le lointain nord, dans la zone aënorite. Aënora était une toute petite capitale. Il ne passait pas grand-monde par là-bas. Jiu-kam semblait vouloir rester à l'écart du reste de la planète. Jusqu'à quand ?

Mel avait voulu s'approcher de l'Abîme de son père avec Tsan-kur. Il avait fallu toute sa maîtrise pour obliger son Abîme à amerrir près de l'endroit où Jiu-kam avait trouvé refuge dans des fosses marines. Tsan-kur avait plongé, mettant sa puissance au service de son perl, mais Jiu-kam, plus habile, plus fort que Tsan-kur, ne s'était jamais laissé approcher.

Quand, au retour, déçu, Mel avait raconté cela à Sandiane devant Aëla, la petite fée des Abîmes avait dit, laconiquement comme à son habitude :

— Laisse-le. Il attend.

— Tu es Aëla Maguelonne, n'est-ce pas ?

Dans l'un des studios modulaires de CWV, Myto

Meretta venait de coller un micro flottant sous le nez d'Aëla, qui détourna doucement l'objet pour continuer son chemin. Tenace, l'appareil la suivit, accompagné d'un objectif pixelon de nanocam. Les machines tournaient comme deux guêpes autour de la fillette. Elle longeait le couloir d'un pas léger à la recherche de sa mère et, devant elle, la foule des spectateurs, les techniciens, les cadreurs, les preneurs de son et autres assistants s'écartaient pour la regarder passer. Myto Meretta lui courut après et insista:

—Tu n'es pas candidate.

C'était une constatation.

—Non, répondit-elle avec un sourire.

—Le seras-tu un jour?

—Jamais.

Son sourire était toujours aussi lumineux.

—Tu ne seras donc pas perl comme tes parents?

—Qui sait?

Déconcerté par cette réponse, Meretta laissa Aëla prendre quelques mètres d'avance. Elle aperçut Djem qui lui faisait signe et se dirigea vers lui. Meretta revint à la charge.

—Est-ce vrai ce qu'on raconte? Que tu peux entrer dans n'importe quel Abîme, même en l'absence de son perl?

Pour l'obliger à s'arrêter, le présentateur l'avait attrapée par le bras. Le regard d'Aëla quitta le visage de Meretta et se posa lentement sur la main qui faisait tache sur sa peau nue. Son sourire fit place à des éclairs dans ses yeux.

— Je ne m'impose pas… répondit-elle.

Elle ne fit pas un mouvement, mais Meretta retira sa main comme s'il venait de prendre une décharge électrique.

— … les Abîmes m'invitent.

Elle lui tourna le dos et rejoignit Djem.

— Il ose la toucher ? Mais je vais l'écailler ce fils de chiourme ! gronda Mel, toujours devant l'holo aux côtés de son grand-père à Obériel.

— Calme-toi, dit Madery. Quoi que tu en penses, ta fille est bien de taille à se défendre toute seule. Ce qu'elle vient de dire est très sensé. Ce n'est pas parce qu'on n'est pas candidat à une épreuve d'osmose « officielle » qu'on ne devient pas perl. Regarde, moi !

Madery était effectivement une incroyable exception. Il avait vingt-cinq ans lorsqu'il avait approché de manière tout à fait imprévisible la Bathy qui allait devenir Atan-koï. Elle l'avait choisi, alors qu'il était totalement hors normes question âge. Entre eux, l'accord avait toujours été parfait.

— Tiens, voilà Corian, dit le vieil homme.

Aëla et Djem avaient rejoint Sandiane à l'extérieur des studios. Elle se tenait près de Béla Dorre et de Corian. Les autres candidats étaient éparpillés le long d'un quai flottant couvert de monde, harcelés par une batterie de nanocams filmant dans tous les sens. On ne pouvait pas manquer les cinquante Vainqueurs de l'impossible. Ils arboraient tous sur la combinaison réglementaire l'énorme logo de CWV.

— Une chance, c'est dans le dos, grinça Corian.

Le rappel sur la poitrine était plutôt discret. Pas question d'effrayer les Bathys en leur collant sous le nez, ou plutôt sous le cervœil, les célèbres ellipses entrecroisées sur fond d'étoiles surmontées des trois lettres de feu CWV. Rares seraient les candidats qui iraient à reculons vers les animaux ! Les spectateurs pourraient en revanche reconnaître, même de loin, les poulains de Myto Meretta.

Devant les candidats attendaient cinquante barges antigrav. Chaque barge emporterait dix adolescents au large. Dans un esprit de justice, il avait été décidé que cinq groupes de dix barges partiraient dans cinq directions différentes. Pour donner à chacun les mêmes chances, chaque groupe comprenait cinq barges d'Autremeriens, quatre de candidats des autres mondes et une des Vainqueurs de l'impossible. Les caméras suivraient en hauteur les cinq bateaux des Vainqueurs. Corian serait dans la même barge que Yilmir N'Ba. Il en était ravi, tout en se disant qu'il aurait préféré ne pas être en compétition directe avec lui.

— Quand je pense qu'on a fait tout ça pour que tu te retrouves sur une barge ! grogna Djem. Évite de chercher des coquelianes, ce n'est pas le moment !

Corian sourit. Il avait bien besoin de l'humour de son ami vu son trac ! Il aurait si peu de temps pour faire ses preuves sur place... Dans chacune des cinq directions, trente-deux Bathys attendaient. Arrivés près d'eux, les jeunes décolleraient avec des harnais antigrav pour se poser sur le dos des bébés Abîmes. Soit l'animal laissait entrer le jeune humain à l'intérieur de son corps, soit il l'ignorait. Pour ceux qui étaient admis, l'aventure commençait. À chacun de vivre à sa façon le premier contact avec la bête. Aucune loi, aucune règle, et des centaines de surprises, autant que de candidats. Une seule constante : on pouvait considérer que le Bathy avait choisi son perl, lorsque celui-ci parvenait à entrer, nu, dans le cervœil. C'était la seule manière de diriger l'animal, le corps nu, car les Abîmes ne supportaient rien d'autre que le contact de la peau de leur perl, surtout pas celui de vêtements. L'adolescent ou l'adolescente choisissait alors un nom pour sa bête. Un nom qui ne changerait jamais. Une union pour toujours. Auparavant tout cela se passait dans une intimité secrète. Aujourd'hui, les caméras retransmettraient les images jusqu'aux confins des mondes connus. Sauf l'entrée ultime dans le cervœil.

—Quand je pense que j'ai savouré en secret deux jours le fait que Tsan-kur m'avait accepté avant de venir vous en parler… murmura Mel.

—Ils partent ! aboya Meretta au centre du salon. Que les vents leur soient favorables, que leur avenir devienne radieux, que leur choix soit juste…

Madery éclata d'un rire cynique.

—Que ton imbécillité t'étouffe !

Sandiane regarda Aëla :

—Tu y vas ?

Elle ne répondit pas.

— Aëla... insista la jeune femme, tu peux te déclarer candidate maintenant... pour toi, pas de problème. Il suffit de l'annoncer devant une caméra...

La fillette dévisagea sa mère comme si elle venait de dire une grossièreté. Quoi ? C'était pour ça qu'elle avait négocié avec Nachit Norris et l'équipe des *Vainqueurs de l'Impossible* ? Avec l'idée en tête qu'au dernier moment elle pourrait lui forcer la main ?

La fillette s'écarta d'un pas.

— Aëla... supplia Sandiane.

— Non, maman. Pas comme ça.

Elle continuait à fixer sa mère. Sandiane baissa les yeux. S'éloignant pour de bon, la petite fille avança aux côtés de Djem tout au bord du quai.

Sandiane soupira comme si elle avait un poids énorme sur la poitrine. Elle tourna les talons et disparut dans la foule, fuyant Myto Meretta qui approchait avec ses questions oiseuses.

Corian était debout à l'arrière de la barge. Il regardait s'éloigner le quai où Djem et Aëla lui faisaient signe. La zone de présentation couvrait un immense cercle de plusieurs dizaines de kilomètres carrés. Il fallait bien ça pour que s'y côtoient cent soixante Bathys et cinquante barges. En bordure de zone, une flottille impressionnante d'aquaglisseurs bondés de touristes venus assister « en direct live » à l'événement.

Corian tournait le dos au vent et respirait par

à-coups, inhalant peu d'air à la fois. Il n'avait pas encore tout à fait réussi à s'habituer à cet air pur, dénué de toute menace. Il repensa au Dragon, à Djauze, à son père. Celui-ci était-il devant un écran pour suivre l'épreuve de son fils ? L'argent reçu de CWV pour émanciper Corian et le laisser partir lui avait-il permis d'embaucher un autre ramasseur de coquelianes ?

Soudain, le pilote cria d'enfiler les harnais. Ils arrivaient. Alors, Corian les vit. Une trentaine de silhouettes majestueuses posées sur les flots. La veille, une émission spéciale avait fait se rencontrer les futurs perls et ceux, tout récents, de l'année précédente. Parmi eux, Corian avait sympathisé avec Donatien Mac G'Hill, dont le père, Réal, délégué d'Autremer à la CCME quinze ans plus tôt, était un ardent défenseur des Abîmes.

Aujourd'hui, son fils était perl. Le garçon avait baptisé son Abîme Dan-ali. Ses yeux brillaient quand il parlait de son compagnon. Une bonne partie de la nuit, Corian avait rêvé que son tour viendrait le lendemain.

— Il faut boucler ton harnais et décoller, dit le pilote du bateau.

Corian s'exécuta comme un automate.

— Quelles sont tes impressions au moment d'y aller ? Dis-nous ce que tu ressens, demanda l'homme en vérifiant que les objectifs cadraient bien sur eux deux.

Répondre à des questions n'était pas prévu à cette phase de l'épreuve. L'homme avait dû recevoir une liasse de crédits pour faire parler l'un des favoris du public au dernier instant.

—Je tremble, répondit Corian tout en bouclant son harnais.

—De quoi ? de peur ? de froid ? de joie ? insista l'homme. Penses-tu à quelqu'un en particulier à cet instant ? À une fille ?

—Devinez ! répondit le garçon.

Une réponse digne d'Aëla, pensa-t-il, et il décolla en direction des masses mouvantes à l'horizon.

Il se laissa enfin submerger par son émotion. L'épreuve ! Son cœur battait à tout rompre tandis qu'il rasait la surface de l'eau en direction des dos énormes qui crevaient les vagues devant lui. Il savait qu'un Bathy pouvait mesurer jusqu'à deux cents mètres de long. C'était une chose de le savoir, une autre de le voir. Il balaya la zone du regard. Dans l'angle de son champ de vision, il vit d'autres candidats qui arrivaient. Il regarda à nouveau les Bathys et se lança. Celui qui était en face de lui plongea aussitôt qu'il approcha ; du coup, il se dirigea vers un autre, plus sur la droite. Celui-ci resta en surface. Prestement, Corian atterrit sur le dos de l'animal. Posant un genou à même la peau du Bathy, il passa le plat de la main sur cette surface étrange, humide d'eau salée.

—Alors mon beau, comment vas-tu ? demanda-t-il.

C'était un mâle, il était clair, quasiment gris pommelé.

Un pore s'ouvrit aussitôt. Le cœur de Corian fit un bond. Un orifice circulaire venait d'apparaître, comme une porte donnant sur un tunnel en pente douce. Corian se sentit transporté de joie. Le fait que l'animal crée aussi vite un accès vers l'intérieur de son corps était très bon signe. Son harnais en bandoulière, il commença à descendre. Au bout d'un bon nombre de pas, il constata qu'une lumière émanait directement des parois du tunnel de chair. Il ne tendit pas la main pour un contact. Pas encore. Tout à l'heure, plus bas, près du cervœil…

L'objectif pixelon qui l'accompagnait, juste au-dessus de sa tête, lui faisait l'effet d'une mouche importune. Il n'osait imaginer les commentaires de Myto Meretta lorsque la pluridiffusion envoyait son image sur les écrans des Cent Mondes. Tour à tour, chacun des Vainqueurs de l'impossible passait à l'antenne, et Corian se dit que sa lente descente n'avait rien de bien spectaculaire. Du coup, Meretta devait compenser l'indigence des images par des remarques farfelues ! Heureusement il avait été décidé d'épargner cela aux candidats, qui n'étaient pas équipés d'un retour son. L'UPAA s'y serait de toute façon opposée fermement : pas question que les vociférations de Meretta perturbent les Bathys ou les candidats perls dans de tels moments.

Corian constata soudain que le « sol » devenait plat. Les parois s'élargirent. Il entra dans un espace plus vaste où, devant lui, luisait une masse étrange, comme de l'eau en mouvement, un lac sphérique en suspension. La première image qui lui vint à l'esprit fut celle d'une bulle d'eau en impesanteur, comme celles que les premiers astronautes s'amusaient à boire en y collant leurs lèvres. Cela remontait à la préhistoire spatiale. Toutes les générations suivantes avaient voyagé en pesanteur reconstituée. Mais la sphère devant lui n'était pas faite d'eau. Elle était d'une tout autre nature. Impressionnante, elle faisait deux mètres cinquante de diamètre, ressemblait à une mouvance bleutée à travers laquelle Corian voyait les vagues proches, l'océan, les autres Bathys. Il était derrière une fenêtre ultrasensible ouverte sur l'extérieur… Il comprit qu'il avait atteint le cervœil de l'animal.

Il tendit la main et attrapa l'objectif pixelon qu'il fourra dans une poche de sa combinaison. Les consignes étaient claires. Pas de caméra près des cervœils. Il n'était pas question de mettre en péril ce qui devait se passer maintenant. L'adolescent eut un petit gloussement nerveux. Qu'allait bien pouvoir raconter Meretta devant son écran noir ? Des niaiseries du genre : « Dans un corps à corps secret, quasi mystique, notre futur perl se fond pour la première fois dans l'univers fantasmagorique de la bête… » ?

Le vivre en vrai, c'était bien autre chose.

Corian prit le temps de réfléchir à ce qu'il allait faire maintenant. Il décida de ne retirer sa combinaison que si le Bathy lui faisait comprendre qu'il l'acceptait. Il tendit sa main droite qui, après avoir rencontré une infime résistance élastique, fut aspirée d'un coup à l'intérieur du cervœil. Le cœur tambourinant à cent à l'heure, le garçon dit alors d'une voix saccadée :

—Je suis… Corian, je m'appelle Corian, Corian Jon-Scalia. Je viens de la planète Djauze. Je…

Il n'eut pas le temps d'en dire plus. D'un coup, la

masse translucide le repoussa. Son avant-bras et sa main furent littéralement rejetés hors du cervœil. Le souffle coupé de saisissement, Corian balbutia quelques syllabes indistinctes. Le sol se mit à bouger sous ses pieds et il se sentit soudain propulsé vers le haut avec une telle puissance qu'il en tomba à genoux. C'est ainsi, assis sur ses talons, qu'il se retrouva émergeant en pleine lumière sur le dos du Bathy, à l'issue d'une remontée foudroyante dans un ascenseur de chair.

Aveuglé par la lumière du soleil d'Autremer, il porta une main au-dessus de ses yeux et jeta un regard halluciné sur le décor autour de lui. Le dos de l'animal était ruisselant de rigoles d'eau salée. Avait-il plongé pendant que Corian était à l'intérieur de lui ?

— Il n'a pas voulu de toi ! cria soudain une voix dans son dos.

C'était une constatation, pas une question.

— Va-t-en ! dit le garçon qui venait de parler en se posant près de Corian.

Il reconnut Plym, un des autres candidats parrainés par CWV. Il faisait partie d'une autre barge. Corian fronça les sourcils. Était-il resté si longtemps à l'intérieur ? Ce n'était qu'à la phase finale que les candidats malchanceux face à leur lot de Bathys pouvaient aller tenter leur chance auprès des autres. À moins que ce gars n'ait triché ?

— Va voir ailleurs, dit Plym. Il y a une petite femelle, là-bas ; elle semble plutôt perturbée par l'agitation autour d'elle. Comme toi. Vous vous entendrez peut-être bien. Laisse-moi la place ! Tu as eu une occasion avec ce mâle, tu n'as pas su le conquérir, alors, dégage !

À moitié groggy, Corian se releva. Il ajusta mécaniquement son harnais et décolla. Jetant un regard vers Plym, debout sur le dos du Bathy, il constata que, comme pour lui, l'animal venait d'ouvrir un pore. Corian sentit un goût de bile lui monter dans la bouche. Il plongea sa main dans sa poche et ses doigts se refermèrent sur l'objectif de la nanocam. Il faillit serrer de toutes ses forces pour écraser le minuscule objet, mais non, il avait des engagements avec CWV. Il avait signé un contrat le liant à Nachit Norris. Sur Djauze, son père l'avait émancipé, il était désormais quelqu'un de… responsable ! Avec répulsion, il lâcha l'objectif-voyeur qui, comme une mouche, se remit aussitôt à bourdonner autour de lui tandis qu'il se dirigeait vers la petite femelle agitée, en bordure de la zone d'osmose.

Elle le reçut positivement. Lorsqu'il atteignit son cervœil, il s'assit un moment devant la masse translucide avant de tenter d'y mettre la main. Mais la petite Bathy ne voulut même pas le laisser entrer plus loin que le bout des doigts. Elle le repoussa doucement mais fermement. Corian resta encore un moment à contempler l'organe vital de la bête, puis il reprit lentement le chemin inverse par un tunnel qui s'ouvrait sur le côté. Il émergea cette fois sur le flanc de l'animal au niveau de l'eau. Il remit son harnais et erra entre les immenses silhouettes au sommet desquelles des candidats heureux jubilaient, dix caméras tournant autour d'eux. Ceux-là avaient réussi là où lui avait échoué, ils allaient devenir perls ! Ils étaient perls !

Yilmir, assis en tailleur sur une jolie Bathy gris argent, lui fit signe. Corian modifia sa trajectoire et se posa devant lui.

— Regarde, regarde comme elle est belle ! J'ai réussi, Corian, elle m'a accepté.

Il flattait la peau de sa Bathy en une caresse affectueuse. Avec un sourire ravi, il ajouta :

— Je l'ai baptisée Loud-saï en l'honneur de ma sœur, qui s'appelle Sara, et de mon frère, Maloud.

Corian tendit sa main au garçon pour le féliciter. Yilmir la frappa avec joie.

— Va voir celui qui est encore seul là-bas, ajouta-t-il en montrant un Bathy mâle qui venait d'émerger au milieu de la zone d'osmose.

Corian lui adressa un pâle petit sourire tandis que Yilmir serrait le poing en un geste d'encouragement.

La peine au cœur, Corian allait se poser sur le dos de l'animal lorsqu'il se ravisa pour faire le tour complet de l'immense silhouette. En voir un, au moins une fois, en détail, de tout près. Comme s'il était à lui… À vitesse réduite, il examina donc lentement le corps de ce futur Abîme. On lui avait déjà greffé certains points d'ancrage pour les futures plaques additionnelles qu'on lui poserait dans les chantiers navals de Rhéa, capitale de la zone spécialisée dans l'aménagement des Abîmes.

C'était une bête superbe. Ce Bathy serait un jour un

bel Abîme qui fendrait les cieux comme une flèche de lumière.

Des larmes plein les yeux car il ne croyait plus en son acceptation par l'animal, Corian se dirigea enfin vers le dos de la bête. Au moment de s'agenouiller sur la peau rugueuse, il regarda l'objectif pixelon devant lui. Il le saisit pour l'écrabouiller, mais d'autres arrivèrent aussitôt à vitesse canon. Les vautours venaient assister à l'agonie du brillant candidat. Voir le petit phénomène en bas de son piédestal, voilà qui allait émouvoir les foules, faire monter l'audimat... *Rassure-toi, Corian, tu rembourses largement CWV aujourd'hui.*

Avec un rire désabusé, le garçon relâcha le pixelon. Au contraire, il fallait que tout le monde le voie, que tout le monde assiste à l'effondrement de son rêve, à son ultime tentative qu'il savait d'avance vouée à l'échec. Prêt à boire la coupe jusqu'à la lie, Corian Jon-Scalia, l'enfant rêveur du Dragon, se baissa doucement vers ce futur Abîme, héritier magnifique des seigneurs d'Autremer, et s'allongea de tout son long sur la peau immaculée.

Celui-ci n'ouvrit même pas un pore pour lui.

9
Lendemains désenchantés

La fonction de perl n'étant pas un métier « normal », nul ne se pose la question de sa rémunération. On ne devient pas perl pour s'enrichir. Mais hier, lors de la cérémonie de clôture de l'épreuve d'osmose, le directeur général de la chaîne CWV, Nachit Norris, a déclaré que les huit jeunes nouveaux perls issus des Vainqueurs de l'Impossible *auraient des privilèges financiers considérables.*

De plus, le consortium dont fait partie CWV a annoncé la création d'une compagnie privée de transports galactiques, au sein de laquelle les nouveaux perls (comme tous les anciens qui le souhaiteraient) utiliseront leurs Abîmes sans avoir à rendre de comptes à la planète Autremer. La future compagnie, basée à l'astroport orbital d'Agora, portera le nom d'AGT pour Abîmes-Général-Trust.

Dès l'annonce de sa création, on a pu enregistrer sur le MégaRés un nombre record de réservations en vue de futurs voyages à bord des Abîmes d'AGT.

Jill Barett, reporter pour Djauze-infos

Ainsi Nachit déclarait-il la guerre ! Non content d'avoir médiatisé l'épreuve d'osmose, il voulait maintenant mettre la main sur des perls ! Sandiane avait immédiatement rompu avec son ancien patron et refusait, depuis vingt-quatre heures, que la moindre nanocam de CWV s'approche de Mané-jeï. Elle était découragée… d'autant que son plan pour forcer la main à sa fille avait lamentablement échoué et que les espoirs qu'elle avait mis en Corian avaient été anéantis.

La colère grondait chez les Autremeriens, même si certains n'étaient pas mécontents de la fin du monopole de l'UPAA. À moyen terme, il était prévisible que la nouvelle compagnie AGT allait obtenir droit de cité dans les océans d'Autremer. Il faudrait lui allouer des zones d'amerrissage. Les crédits allaient pleuvoir !

— Jamais ! tempêta Mel lorsque Gareth Jankiel, le délégué d'Autremer à la CCME, émit cette idée pendant la discussion transcom qu'ils avaient entre Obériel et Agora.

Dans le salon de Madery, Mel tournait comme un fauve en cage autour de l'image holographique de l'homme politique.

— Si on ne les autorise pas, ils ne pourront pas descendre de force, tout de même ! gronda-t-il.

— *Nous sommes coincés, Mel,* objecta Jankiel, *ils nous ont piégés en lançant cette foutue émission de cosmo-réalité. Maintenant, c'est impossible de faire marche arrière. Des milliards de gens ont vu ces mômes pénétrer dans les Bathys, ils les ont entendus les baptiser. C'est comme si eux-mêmes avaient vécu l'expérience. Ils ont leurs perls favoris. Il y a déjà des fans-clubs qui fleurissent un peu partout. La petite Lisbell, qui a été la dernière acceptée, justement par le Bathy qui a refusé d'ouvrir un pore à Corian, déchaîne les passions. Quant au fameux Plym qui a été évincé, il a déjà son comité de soutien et il crie au scandale en dénonçant une cabale contre lui. Il veut intenter un procès contre l'UPAA et exige d'avoir le droit de retenter sa chance l'an prochain.*

Mel courba le dos de découragement.

—*Et il gagnera, Mel... Vous serez obligé de le présenter à nouveau dans un an.*

—Ce gars n'a pas été choisi par un Bathy car c'est une calamité ! D'ailleurs, CWV ne devrait pas pavoiser. Ses Vainqueurs de l'impossible devenus perls ne sont qu'au nombre de huit alors que, statistiquement, ils devraient être le tiers de cinquante, c'est-à-dire une quinzaine. Cela prouve qu'ils ont été recrutés sur des critères de gloire, de puissance, autant d'éléments que les Bathys refusent. Plym est tricheur, arrogant, vulgaire ! Machiste en plus : il a traité les petites jumelles élues, Cordélia et Ophélia, de sous-perlettes pour résidus d'Abîmes !

—*C'est ça, hélas, un héros des temps modernes pour toute une frange de la population. Quelqu'un qui ne se pose pas de questions, ni sur ses actes ni sur leurs conséquences. Quelqu'un qui glapit des branchies pour un oui ou pour un non, beuglant comme un phoque qu'il est victime de la société. Et comme dans la Galaxie cette opinion est partagée par bien des gens qui n'osent ouvrir leur bec, si quelqu'un le fait à leur place... ça tourne au délire !*

—Tout cela est de la faute de Nachit, gronda Mel.

—De Myto Meretta, surtout. Il veut enflammer les foules contre Autremer. Hérédité paternelle, sans doute !

—C'est Nachit qui produit cette émission, lui qui a annoncé hier la création de cette compagnie AGT.

—Nachit a des personnes au-dessus de lui, Mel. Il n'est que P-DG de CWV. Les actionnaires de son consortium veulent gagner de l'argent, toujours plus d'argent.

—Sur le dos des Abîmes ! Ils ne comprennent donc pas que les Abîmes sont nos... partenaires ? Comment envisager qu'on puisse les exploiter ?

—Vous êtes trop idéaliste, Mel.

—Je suis un perl. C'est un destin au-delà de la vocation, un don de soi, de part et d'autre, bien plus qu'un échange. Ce n'est pas pour rien qu'on parle d'osmose. Et parmi les élus d'avant-hier, il y a des jeunes extraordinaires. Comme ces adorables jumelles, choisies par les deux petites Bathys jumelles. Savez-vous qu'elles les ont nommées Lov-odaï et Vol-omaï ?

—Certes, la grande majorité des nouveaux perls est ainsi, mais quelques autres sont sous influence.

—Il y en a peut-être qui sont prêts à se laisser corrompre, mais il faudra au moins cinq ans pour que leurs Bathys grandissent et deviennent Abîmes. Leur AGT n'est pas près de réaliser ses premiers vols croisières !

—Détrompe-toi, Mel, dit une voix à l'entrée de la pièce.

Mel se retourna. Paul se tenait sur le pas de la porte.

Il devait suivre depuis un moment la conversation entre son neveu et Gareth Jankiel.

—Je viens d'apprendre une sale nouvelle, poursuivit l'aîné des Maguelonne en s'avançant pour que Gareth Jankiel le voie près de Mel. Des perls viennent de donner leur démission de l'UPAA pour entrer dans les cadres d'AGT. Les premiers vols d'Abîmes hors du contrôle d'Autremer vont commencer dès la semaine prochaine.

Corian était anéanti. Au-delà de ses pires prévisions. Bien sûr, il avait envisagé que les Bathys puissent le refuser, mais il n'avait jamais pensé que ça lui ferait aussi mal. Depuis la fin de l'épreuve d'osmose, il n'avait qu'une envie, rester terré dans sa chambre d'hôtel, refusant même d'ouvrir sa porte à Djem. De toute manière, le petit rouquin ne savait plus quoi dire à son ami pour lui remonter le moral. Corian venait de voir son rêve pulvérisé. Tous ceux qui, comme Béla Dorre, l'avaient suivi depuis Djauze comprenaient sa détresse.

Tous… sauf Myto Meretta. Le présentateur ne voulait pas se contenter de mettre sous les feux des projecteurs les huit Vainqueurs de l'impossible ayant « gagné » le droit d'être perl. Il voulait aussi interviewer les perdants, prétendant que le public avait « besoin » aussi de savoir comment réagissaient les évincés. « Les larmes, c'est bon pour l'audimat, chou », avait-il l'habitude de dire, en privé bien sûr.

Le dernier passage de Corian à l'antenne avait été un enfer. Jouant sur le fait que la fille nommée Lisbell, avec qui on lui prêtait une histoire d'amour — n'importe quoi ! —, avait réussi là où Corian avait échoué, Meretta avait voulu l'entraîner sur un terrain haineux et rancunier. Corian avait résisté, mais à quel prix… Il était sorti du studio épuisé.

Dans sa maison d'Obériel, en compagnie d'Aëla, Madery avait regardé avec tristesse le visage torturé de Corian face au sourire de mascarade de Meretta.

— *Voici Corian, notre malheureux perdant. Alors, Corian, dis-nous : que ressens-tu exactement ?*

— *J'ai… j'ai de la peine.*

— *Tu es déçu, n'est-ce pas ?*

— *Parler de déception voudrait dire que j'ai été trompé. Ce n'est pas le cas. Aucun Bathy ne m'a choisi, c'est tout.*

— *Mais tu leur en veux, je suppose ?*

— *Pourquoi ? Ils ont élu les compagnons qu'ils souhaitaient avoir.*

— *Alors tu es jaloux ? Hein ? Sais-tu que Lisbell a fait la fête avec les gagnants toute la nuit ? Ces nouveaux perls, ne voudrais-tu pas pouvoir les anéantir, prendre leur place ?*

À ce stade de l'entrevue, les yeux de Corian avaient lancé des éclairs. Le garçon avait fait front en plantant son regard dans celui de Myto Meretta.

— *Ce ne sont pas les nouveaux perls que je voudrais exterminer. Ce serait plutôt les gens comme…*

En régie, la technique avait basculé immédiatement sur le visage de Meretta.

—… *les Autremeriens !* enchaîna Myto Meretta avec

une grimace de mépris, *car les Autremeriens de l'UPAA n'ont pas su convaincre leurs Bathys de ta valeur! Comme on te comprend, Corian! Je te remercie. Nous sommes désolés pour toi, mais que veux-tu: c'est la dure loi de la vie. Tu vas bientôt rentrer chez toi, là-bas sur ta planète, où le quotidien est si difficile.*

Le visage de Meretta avait disparu au profit de quelques images de l'océan Dragon et de ses brumes rouges s'enflammant le long des quais de PorNoir.

—*Comme vous le voyez, spectateurs de CWV, tel est le monde auquel voulait échapper Corian. Mais il a échoué à cause des arrogants Autremeriens. Il ne lui reste plus qu'à retourner là-bas pour reprendre son dur travail de ramasseur de coquelianes.*

Les images étaient revenues sur Meretta. À ses côtés, Corian était blême. Il se mordait les lèvres, les yeux brillants, le regard tourné en direction de quelqu'un, hors champ, qui devait lui faire signe de se taire, sinon… gare à lui!

Soudain, Yilmir et Lisbell avaient surgi sur la scène. Ils avaient entouré Corian dans une débauche d'applaudissements, de sourires, de larmes. Ils avaient embrassé le valeureux perdant. Meretta en avait alors fait des tonnes, insistant sur le fait que le meilleur ami et la prétendue petite amie devenus perls garderaient « pour toujours » le Djauzan au fond de leur cœur.

—*Nous ne t'oublierons pas, Corian,* dit Meretta en paradant sur le plateau au milieu des éclairs de spots et d'une musique à l'eau de rose. *Adieu, Corian. Sois fort…*

Madery commenta cyniquement en éteignant le système-com :

— Sois fort et barre-toi ! Pauvre Corian ! Ce n'est pas croyable. Ce Meretta est un charognard. Retourner ainsi sur le gril ce gosse qui porte en lui toute la détresse du monde… Ce n'est plus du voyeurisme, c'est de l'humiliation, du harcèlement abject. Et dire qu'il y en a qui aiment regarder cette cosmo-trash !

Aëla posa sa main sur le bras de son arrière-grand-père.

— L'île Creuse, dit-elle.

Madery plongea son regard dans celui de la fillette. Bien sûr ! Comment n'y avait-il pas pensé lui-même ? Mettre Corian à l'abri de ces requins, de cette pression médiatique. Le conduire dans un endroit à l'écart de tout, où il pourrait panser ses plaies. Quel meilleur endroit que l'île Creuse, leur vieille propriété familiale, loin des tumultes des capitales d'Autremer ? Cette île était un ancien volcan gigantesque dont tout le cœur s'était effondré. Une passe suffisamment profonde pour qu'un Abîme de la taille d'Atan-koï puisse entrer s'y mettre à l'abri reliait le lac intérieur à l'océan. Depuis plusieurs mois, aucun des Maguelonne n'y avait mis les pieds.

— Djem aussi, ajouta Aëla.

— Bien entendu, ma princesse. On y va.

Un coup de visiophone à Sandiane, une bise à Mel, un numéro de transcom donné à Paz Kelleven, et le tour fut joué en quelques minutes. Aëla reparut, rayonnante, un sac de voyage à la main. Elle avait revêtu une robe légère qui auréolait ses cuisses bronzées de mousseline savamment froissée. Presque un tutu. Et c'est ainsi qu'elle s'avança, telle une danseuse, ses cheveux relevés en boucles indociles, aux côtés de Madery sur le ponton de chair qu'Atan-koï ouvrit pour eux lorsqu'ils débarquèrent le long du quai des Abîmes à Apalanche. Des nanocams étaient là, bien entendu. Il ne semblait plus possible de lever le petit doigt sur Autremer sans qu'un objectif ne vienne vous mettre en boîte. Béla Dorre avait été prévenue de l'arrivée de Madery Maguelonne. Flairant le coup médiatique, et pas fâchée de piquer la vedette à Meretta, elle fut la première à coller un micro sous le nez du doyen des perls. Madery se prêta avec diplomatie au jeu des questions-réponses.

Oui, il venait féliciter les nouveaux membres de la confrérie des perls. Non, il n'autoriserait personne à filmer à l'intérieur d'Atan-koï. Effectivement, il venait chercher Corian Jon-Scalia et Djem Rand-Soroly. Non, ces deux garçons n'avaient aucun régime de faveur. Seulement son arrière-petite-fille avait peu de camarades de son âge. Elle les avait déjà un peu fréquentés et les trouvait « bombes » selon sa propre expression; et puis, il fallait prouver à Corian que les Autremeriens n'avaient rien contre lui, contrairement à ce que prétendait monsieur Meretta.

Les nanocams se déchaînèrent lorsque Corian et Djem apparurent. Les deux garçons s'étaient préparés en deux temps trois mouvements après que Madery les eut appelés à leur hôtel. Une ombre de sourire revint sur les lèvres de Corian quand Aëla et Madery l'accueillirent à l'entrée d'Atan-koï.

—Madery, dit-il très vite, ce ne sont pas les Autremeriens que je voulais exterminer dans l'interview…

Le vieil homme posa sa main sur l'épaule de l'adolescent.

—Au jour J, ça me ferait plaisir de t'aider, ironisa-t-il. Je rêve de casser la figure d'un Meretta depuis longtemps !

Après avoir dit au revoir à Béla, à son équipe et à tous les touristes agglutinés sur le quai pour admirer la grande Abîme, le célèbre perl et ses trois passagers allaient pénétrer dans l'Abîme quand Aëla se figea.

—Jiu-kam, murmura-t-elle.

—Manquait plus que ça, gronda Madery entre ses dents. Laissez-moi faire.

Les trois adolescents s'immobilisèrent près de la paroi de chair qui faisait office de coursive pour accéder à Atan-koï. Corian remarqua que la main d'Aëla allait et venait en une caresse rassurante sur le plasvital de l'animal, qui s'irisait de reflets or rouge. Il eut un petit pincement au cœur au souvenir de l'accueil chatoyant que lui avait réservé Mané-jeï sur Djauze. Pourquoi les Bathys n'avaient-ils pas eu ici la même hospitalité ?

Un grondement sourd déchira soudain le ciel au-dessus d'Apalanche. Une ombre gigantesque obscurcit le soleil chaud de l'après-midi. Tous les regards se levèrent à la découverte de ce qui jaillissait des profondeurs du ciel. Une houle d'inquiétude parcourut la foule, à peine calmée par les gestes rassurants de Madery. Jiukam survola la moitié des infrastructures d'Apalanche en rase-mottes à hypervitesse. Le déplacement d'air occasionné par son passage à si basse altitude fit trembler toutes les constructions hors d'eau. De nombreuses baies vitrées explosèrent sous l'effet de souffle. Des cris retentirent et la panique s'installa. Les gens se mirent à courir en tous sens, les mères serrant leurs enfants dans leurs bras, et des centaines de personnes apparurent aux fenêtres pour voir ce qui se passait. Il fallut toute l'énergie de Madery pour convaincre Béla Dorre que tout cela n'était pas grave. Juste une erreur d'évaluation d'altitude de la part de cet Abîme titanesque.

—L'erreur est humaine, elle peut aussi être le fait des Abîmes, ironisa le vieil homme.

Quand la masse gigantesque parcourue d'éclairs éblouissants dus au frottement de l'air disparut à l'horizon aussi rapidement qu'elle avait jailli de la haute atmosphère, Madery déclara dans le micro de Béla :

—J'admets que c'était une démonstration un tantinet mégalomane de la part du vaisseau N-o. Néo-one est un peu capricieux, dit le vieil homme avec un air entendu. Après ce tour de piste imprévu, il y a fort à parier qu'il va subir quelques sanctions. Comptez sur l'UPAA pour agir.

Sur ce, il tourna les talons, poussa les trois adolescents devant lui et pénétra dans Atan-koï. Il rejoignit en toute hâte le cervœil, se déshabilla, posa ses mains sur la paroi de la bulle devant lui et ordonna à son Abîme de décoller. Ce qu'elle fit, elle aussi dans un rugissement sauvage. À mille mètres d'altitude, elle vira en direction du sud-ouest, accompagnée très loin au-dessus d'elle par l'Abîme indompté.

—Néo-one… murmura Nachit Norris devant son écran à Agora. Jamais entendu parler. Un tel mastodonte ne peut être né de la dernière pluie.

Il se pencha vers son intercom et demanda à sa secrétaire de lui appeler le tout nouveau P-DG de la compagnie AGT.

—Je pars sur Autremer, dit-il. Il me faut un de nos Abîmes.

—Ils n'entrent officiellement en circulation que dans une semaine.

—Je ne veux pas le savoir. Qui peut venir me chercher ?

—Marcus Zour et son Abîme Elann-ril. Il a été le premier à nous rejoindre. Il est en ce moment du côté de l'étoile Carmyne. Vous lui accordez une heure de transbordement plus dix minutes de stase, et il est là. Vous serez à Apalanche ce soir. Il vous déposera à la station orbitale du Grand Majeÿ.

Nachit coupa la communication. Il posa ses coudes sur le bureau, appuya son menton sur ses mains et mordilla un de ses ongles.

—Ce vieux brigand de Madery et les autres nous cachent quelque chose. Sandiane est sûrement au courant et n'a rien dit. Ce doit être sacrément important. Ça sent le scoop, mon vieux Nachit !

10
Perl !

Prime directive : loi écologique édictée dès le vingt-deuxième siècle au début de l'expansion humaine dans le Système solaire. Elle interdit l'exploitation des formes de vie extraterrestres, au nom du « principe de précaution », dans le but de préserver l'homme des conséquences imprévisibles qu'il pourrait engendrer en bouleversant l'équilibre des planètes colonisées. Qui sait quelle nature différente peut prendre une autre forme de vie intelligente dans l'univers ?

Les Autremeriens, en utilisant pour des déplacements spatiaux leurs pseudo-cétacés nommés « Abîmes », ont violé la prime directive. Ils ont cependant échappé aux sanctions du fait de la relation exceptionnelle unissant chaque Abîme et son perl.

Recueil des lois et règlements de la CCME

Atan-koï survola l'île Creuse avant de se poser au large. Confortablement installés dans la cabine passagers, Corian et Djem purent tout à loisir admirer, par les hublots, la beauté du lieu où les conduisaient Madery et Aëla. Cette dernière avait disparu dans la coursive un peu après le départ. Il était peu probable qu'elle soit allée rejoindre Madery. Elle devait donc se trouver quelque part dans Atan-koï, sans doute dans un nid douillet connu d'elle seule. Elle avait le choix : à l'intérieur d'un vaisseau de cette taille, il devait y avoir des dizaines de soutes, de salons, de cabines personnelles...

— Tu te rends compte, murmura Corian, la chance qu'elle a : se promener dans ce genre de vaisseau depuis sa naissance.

— Depuis le ventre de ma mère.

Les deux garçons se retournèrent d'un bloc. Elle était là, derrière eux, avec son sourire énigmatique et moqueur, sur le pas d'une porte qui n'était pas là un instant auparavant. Elle avait changé de vêtements et portait un short et un débardeur. Ses cheveux tombaient en cascade depuis un élastique au sommet de sa tête.

— Tu veux dire que ta mère, quand elle était enceinte, continuait à staser avec Mané-jeï ? s'étonna Djem.

— Moi aussi ma mère a stasé en m'attendant, dit Corian avec la mine étonnée et ravie de quelqu'un qui est en train de prendre conscience d'un point commun, presque une parenté, avec une autre personne.

— Je le savais, dit Aëla en venant s'asseoir sur le siège vide à côté de lui.

— Comment savais-tu que sa mère a voyagé en Abîme quand elle l'attendait ? demanda le petit rouquin en fronçant les sourcils. Ça n'était pas dans le dossier de presse de Meretta, ce détail.

Elle soupira avec indulgence en hochant la tête de droite à gauche.

—Djemie…

—Quoi, Djemie… s'énerva le petit Djauzan. Qu'est-ce qu'il y a ? Je ne peux pas comprendre, c'est ça ? Moi dont la mère s'est contentée d'être enceinte à la surface d'une planète comme tout le monde, je ne suis pas de l'étoffe des héros comme vous ? Et puis, d'abord, qui t'a autorisée à m'appeler Djemie ?

—Eh, mais qu'est-ce qui se passe ici ? s'exclama Madery en faisant irruption dans la cabine. Allez, tout le monde débarque. On est arrivé. Mettez vos harnais antigrav et direction les bungalows. Que ça vole, et plus vite que ça !

En émergeant de l'Abîme, ils constatèrent qu'ils étaient à plusieurs centaines de mètres de la plage. Atan-koï s'était faufilée par la passe pour entrer dans le lac intérieur de l'île. Lorsqu'ils eurent décollé tous les quatre, l'Abîme plongea. Un immense sillage en surface prouva qu'elle faisait demi-tour pour retourner vers le large.

—Elle repart toute seule ? s'étonna Djem, oubliant dans l'instant son mouvement d'humeur.

—Bien sûr. On ne les tient pas en laisse. Elle va se balader un peu. Oh, pas très loin. Elle est bien éduquée, mon Atan-koï.

Ils atterrirent devant une maison rustique sur la terrasse de laquelle des parasols étaient couchés et des meubles de jardin renversés. Des palmes de cocotier gisaient çà et là, et plusieurs volets étaient ouverts. Le résultat du dernier des coups de vent, fréquents en cette saison.

—Il était temps qu'on vienne réparer tout ça, constata Madery. Allez, tout le monde au boulot. Je commence par vérifier si les congélateurs sont en marche et, ensuite, on se répartit le travail. Si vous voulez manger ce soir et dormir dans des chambres propres et des lits faits, il va falloir en mettre un coup.

Trois heures plus tard, ils prenaient un repas bien mérité face au lac dont les eaux calmes reflétaient les derniers rayons du soleil. Bientôt se lèveraient les deux lunes d'Autremer, Ashann, la petite, qui apparaissait toujours la première, à l'ouest, puis Killann, cent fois plus brillante, cent fois plus grosse, qui occasionnait des marées à très fort coefficient.

Après le repas, Madery entraîna les trois jeunes dans une balade le long de la plage. Dans le silence seulement entrecoupé de cris d'oiseaux, il raconta l'histoire de cette île, découverte par l'un de ses ancêtres deux siècles et demi plus tôt. Il en avait été déclaré légitime propriétaire après l'avoir achetée quelques poignées de crédits à l'administration terrienne de colonisation.

—Les Abîmes étaient déjà là ? demanda Djem.

—Bien sûr, mais personne n'avait encore compris que les distorsions lumineuses qu'on apercevait parfois dans le ciel était le résultat de leur stase. Les gens pensaient que c'étaient des phénomènes météorologiques d'un nouveau genre. Vous connaissez l'histoire du bateau de Zabée ?

Les deux garçons firent une moue de dénégation.

—C'est un conte autremerien, précisa le vieil homme. Il raconte de manière enjolivée comment un enfant de l'île Zabée entra un jour par hasard dans un Abîme. C'est ainsi que les premiers colons comprirent la véritable nature de ces gigantesques occupants des mers.

—Par hasard ? répéta Corian, qui n'avait pas ouvert la bouche depuis des heures, tout à sa mélancolie.

—À vrai dire, pas tout à fait, répondit Madery. Le gosse était parti en mer, seul, dans un petit bateau, et les courants l'ont entraîné vers le grand large. Il serait mort si un Abîme ne s'était pas approché. Celui-ci a ouvert un pore en face du gamin, au niveau de l'eau, mais l'enfant ne comprenait pas ce que lui voulait l'animal. Alors vous savez ce que l'Abîme a fait ?

Aëla était suspendue aux lèvres de son arrière-grand-père comme si elle entendait l'histoire pour la première fois. On avait bien déjà dû lui raconter cette histoire des milliers de fois mais, tout comme les livres s'ouvrent seuls aux passages souvent lus, les yeux brillent toujours à l'écoute des contes aimés.

—L'Abîme est allé chercher du secours ? suggéra Djem.

—Pas du tout, objecta Madery. Il a coulé le bateau !

—Coulé le bateau ? répéta Corian, incrédule.

—Oui, il a passé son nez dessous et l'a retourné. Le gamin n'a pas eu d'autre solution que de s'agripper au rebord du pore et de s'abriter à l'intérieur, dans la chair. Ensuite l'Abîme l'a ramené le plus près possible de l'île Zabée et l'a laissé sortir devant plusieurs témoins stupéfaits. Et dire qu'on nous a accusés de violer la prime directive ! Ce n'est pas nous qui avons commencé, en fait. On peut dire que ce sont les Abîmes qui sont venus nous trouver. Aurait-il fallu qu'on les ignore ?

Tard dans la nuit, dans le bungalow que Madery avait mis à sa disposition près de celui qu'occupait Djem, Corian finit par s'endormir. Son sommeil fut traversé de cauchemars où l'enfant naufragé des premiers âges de la colonisation se superposait avec l'image de Plym lui criant « Dégage ! » sur le dos du Bathy. Ensuite, le Bathy se métamorphosait en un gigantesque Abîme, crachant un souffle putride semblable aux brumes du Dragon, calcinant parasols et tables de jardin. Au moment où le souffle brûlant de l'Abîme l'atteignait alors qu'il n'avait pas revêtu sa combinaison de protection, il se réveilla d'un coup en sueur et se dressa, hagard, sur le lit.

Il se leva pour boire un verre d'eau et vit, par la fenêtre ouverte, le reflet des deux lunes sur le lac, traînées d'argent sur les eaux sombres. Il enfila ses chaussures et sortit. Seulement vêtu d'un léger bermuda, il se mit à marcher le long de la plage en s'éloignant de plus en plus du bungalow. Cent mètres, cinq cents mètres… Corian marchait machinalement, l'esprit vide. Il ignorait où ses pas l'emmenaient. Sur sa droite, un sentier grimpait en pente raide le long du flanc du volcan. Il l'emprunta et monta, sans se retourner. Plus haut, toujours plus haut. Au bout d'un long moment, il atteignit un promontoire, sorte d'avancée de roche volcanique faisant comme une plate-forme au-dessus du vide. Il retira ses chaussures pour sentir la chaleur emmagasinée dans la roche et s'avança jusqu'au bord. Il jeta un regard circulaire. La vue était magnifique. Il dominait toute l'île, les pentes abruptes tombaient autour de lui en falaises acérées jusqu'au lac. Il leva les yeux vers les deux lunes. Ces croissants de taille différente sur l'encre de la nuit et toutes ces constellations, qu'il ne connaissait pas, piquetant le ciel d'arabesques infinies, donnaient à la voûte céleste une beauté surnaturelle.

Il écarta les bras, comme s'il voulait prendre son envol au-dessus du vide. Voler… s'envoler, partir là-haut au fond du ciel, vers des horizons nouveaux. Être perl !

Mais son cœur se broya. Jamais ! Jamais, il ne serait perl. Les Bathys l'avaient repoussé. Rien ne changerait. Il resterait Corian le racleur de coquelianes, scratché dans sa vie de chiourme… C'était fini. Il n'y avait plus d'issue. Plus rien. Il se sentait détruit, comme dépouillé de tout. Plus d'espérance. Plus de rêve.

Plus de… vie ?

Des larmes chaudes lui mouillèrent les joues, qu'il essuya de la main. Il retint un sanglot et poussa un soupir qui contenait toute la peine du monde. Il ferma les yeux. Au comble du chagrin, brisé, il fit un pas en avant vers le précipice…

Un souffle, quelque chose dans l'air au-dessus de

lui, lui fit rouvrir les paupières. Devant lui, une masse sombre, gigantesque, descendait dans le plus grand silence, occultant la lumière des lunes et le pointillé des étoiles. L'absence de bruit était impressionnante. Seul le déplacement d'air apportait la preuve qu'au-dessus de l'île Creuse, majestueusement, un géant de l'espace était en train de se positionner face au promontoire. Les yeux levés, les joues encore ruisselantes, Corian n'en crut pas ses yeux en reconnaissant la longue cicatrice en forme de serpent sous le ventre de l'Abîme qui venait à lui.

Jiu-kam !

Quand l'Abîme fut au niveau du garçon, il s'immobilisa, et Corian, minuscule silhouette en face du colosse, vit nettement le cervœil qui le regardait. Une excroissance de chair surgit et vint se plaquer contre l'avancée de roche noire où se tenait le garçon. Le cœur battant à tout rompre, hésitant, Corian resta immobile un moment avant de poser le pied sur cette passerelle prodigieuse. Des éclairs de lumière fusèrent jusqu'au corps de l'animal. Tout à la fois incrédule et enthousiasmé, Corian osa un pas, puis un autre. Il progressa ainsi jusqu'à se trouver tout contre l'immense silhouette. Devant lui, le cervœil étincelait. Ainsi on pouvait l'atteindre aussi par l'extérieur si l'animal le voulait !

Corian avança la main. Après une infime résistance, elle s'enfonça jusqu'au poignet dans la masse translucide. Il sentit comme une caresse ferme tout autour de ses doigts et au creux de sa paume. L'angoisse indicible d'être repoussé s'empara soudain de lui, le faisant chanceler. Mais non, l'Abîme gardait la main à l'intérieur de son cervœil. C'était une sensation douce, une pression légère, un contact accueillant comme… comme une invitation ! Corian en eut le souffle coupé. Était-ce possible ? Une telle chose pouvait-elle se produire ? Lui et… Jiu-kam ?

Corian retira lentement sa main que le cervœil libéra comme à regret. Le garçon resta figé durant quelques longues secondes pendant lesquelles il vit le cervœil pulser comme un cœur devant lui, un cœur… inquiet ! Abasourdi, Corian se résolut enfin à admettre que cet Abîme prodigieux et sauvage, ce suprême souverain de l'espace, le choisissait, l'appelait, lui ! D'un geste prompt, il retira son bermuda et s'approcha de la masse claire. Il inspira profondément et bloqua sa respiration, puis il avança, écartant les bras, comme il l'avait fait quelques instants plus tôt sur le promontoire.

Il entra d'un coup dans le cervœil, yeux ouverts, le cœur fou, sans savoir encore si c'était de crainte, d'excitation ou de fascination. Se sentant tout entier aspiré, enveloppé, affectueusement protégé, il éprouva un plaisir pur, indicible. La paroi s'écarta ensuite un peu de lui, le laissant debout sur un sol translucide, comme flottant dans la lumière. À bout de souffle, il osa enfin aspirer l'air frais que l'animal générait pour lui dans cette bulle hermétique. Rassuré, il tourna sur lui-même et regarda vers l'extérieur. Il vit les sommets de l'île au-dessus de lui avec une netteté extraordinaire. Au-delà de ce que pouvaient voir ses propres yeux ! Autour de lui, il distinguait tout avec une acuité stupéfiante. Il tendit le bras et effleura du bout des doigts la paroi translucide. Elle fut aussitôt parcourue d'ondes colorées qui s'estompèrent pour laisser de nouveau place à une transparence cristalline prodigieuse. Corian constata que l'Abîme retirait la langue de chair qu'il avait générée en ramenant son bermuda à l'intérieur. Ensuite, l'animal recula lentement audessus du lac.

Tout en bas, Corian aperçut soudain Aëla, Djem et Madery qui le regardaient. Il les vit lui faire signe de la main, Djem trépignant de joie dans le sable, Aëla affectueusement blottie contre son arrière-grand-père, lequel, la main en visière, considérait la scène audessus de lui avec une stupeur ravie.

Alors, en les voyant ainsi enchantés pour lui, Corian comprit que ce n'était pas un rêve, ou plutôt que son rêve l'avait rejoint. Il exulta d'une joie folle. Son cœur cognait à tout rompre. Tout cela était bien réel.

Il était perl !

Heureux au-delà de l'imaginable, il tourna tout son corps vers l'avant de la bulle, posa ses mains avec un amour infini sur la paroi resplendissante d'éclairs et dit :

— Jiu-kam, décollage !

Avec un rugissement incroyable qui ne ressemblait à aucun autre, l'Abîme libéra toute sa puissance. S'arrachant à l'attraction de sa planète natale, il disparut en un trait de feu vers les profondeurs du ciel étoilé.

II
Apprentissage

L'énergie cosmique est le « carburant » des Abîmes d'Autremer. Des chercheurs tentent de comprendre comment fonctionne cette mécanique vivante quasi infaillible. On ne connaît pas d'accident survenu au cours d'un déplacement interstellaire d'Abîme. Cependant, comme les perls peuvent être vulnérables, chaque Abîme est équipé d'une salle de contrôle sous la responsabilité d'un capitaine formé dans les écoles d'astronautique des Cent Mondes. Un métaréacteur de secours pouvant générer une stase artificielle permet, en cas de défaillance du perl (malaise, maladie), un retour du vaisseau et de ses passagers vers un astroport.

La stase naturelle des Abîmes reste un mystère. Comment un organisme vivant parvient-il à replier l'univers pour accéder à l'hyperespace ? Nul ne le sait.

Manuel d'astronautique simplifié

Corian avait immobilisé son Abîme dans les environs d'Ashann. La petite lune était plus à l'écart des couloirs spatiaux que sa grande sœur, Killann. Pour être tranquille, un petit séjour en altitude derrière la face cachée d'Ashann était un bon plan. Jiu-kam avait emmené son perl dans l'espace avec jubilation. Maintenant, immobilisés tous les deux dans le silence du cosmos, ils faisaient connaissance.

Le jeune garçon avait décidé d'explorer son vaisseau seul, loin des foules en délire et des conseilleurs intempestifs. Il voulait savourer chaque seconde de la visite de cet immense corps qui venait de se donner à lui. Consentant, l'Abîme se prêta volontiers au jeu. Corian traversa lentement les salles du vaisseau l'une après l'autre. De toute évidence, l'Abîme avait souffert de ne pas être entretenu tout au long de ses années de solitude. Les écrans de la salle de contrôle étaient ternis, les consoles de commandes brisées, des lambeaux de chair bosselaient par-ci par-là le sol défoncé. Pour remettre en état la partie mécanique du vaisseau, il y aurait du travail. Le reste, à savoir la chair vivante de l'animal constituant les coursives et les parois des autres salles, semblait en bonne forme. Pas de veinules disgracieuses ou inquiétantes ; une couleur d'or jaune illuminait les murs… Jiu-kam était en bonne santé.

Corian se félicita d'avoir passé tant de temps sur le MégaRés à la recherche de renseignements sur les Abîmes ; au moins connaissait-il tout sur le sujet. Du coup, il était parfaitement capable de se rendre compte par lui-même de l'état général de son vaisseau. Après les salles techniques et la zone passagers, le garçon avança plus loin à l'intérieur de l'animal.

—Tu as sans doute des cabines privées… suggéra-t-il.

Un tunnel s'ouvrit immédiatement sur sa droite.

Tout en longeant ce couloir qu'illuminait Jiu-kam au fur et à mesure de sa progression, Corian s'émerveillait de la stupéfiante faculté de l'Abîme à comprendre ce qu'il lui demandait. Ce n'était pas un dialogue, ni de la télépathie. C'était autre chose qu'une communication passant par des mots ou par des images. C'était… comme un échange instantané, une sorte de prolongement de la volonté. Il suffisait de dire, de montrer, de désirer… et l'Abîme accédait au souhait du perl.

Ainsi, après avoir traversé le ciel nocturne au-dessus de l'île Creuse, avait-il suffi à Corian de dire « Il ne faut pas aller trop loin » pour que Jiu-kam se dirige vers Ashann. Le garçon avait opté pour cette sage solution. L'Abîme lui avait alors « suggéré » de s'arrêter dans cette zone à l'abri des curieux.

Comment s'était accompli ce transfert d'informations entre l'animal et le jeune humain ? Corian n'aurait su l'expliquer, mais il avait… senti ? deviné ? compris ? que Jiu-kam voulait s'immobiliser. « On s'arrête », avait-il dit, tout en sachant que s'il avait dit « Non, on continue » l'Abîme aurait obéi.

La relation était claire, définie, établie une bonne fois pour toutes. Jiu-kam le savait : celui qui décidait était le perl. Mais ça n'empêchait pas l'Abîme de faire comprendre ce qu'il pensait, que diable !

Corian, en riant, se demanda si les Abîmes étaient

boudeurs. Qu'ils soient capables de faire savoir qu'ils n'étaient pas d'accord, cela ne faisait aucun doute. Mané-jeï n'avait-elle pas refusé de décoller de Djauze ? N'avait-elle pas « obligé » Sandiane à faire étape près de l'épaule d'Orion ? Tout cela pour rapprocher Corian de Jiu-kam ? Pourquoi avait-elle fait cela ? Les Abîmes communiquaient-ils entre eux par des moyens que les humains ne soupçonnaient pas ?

Le jeune perl se dit qu'il faudrait qu'il parle de cela avec les Maguelonne. En attendant, il allait visiter la zone privée où Jiu-kam venait de le conduire. Quatre cabines aux portes closes donnaient sur un espace ressemblant à un ancien salon. Après avoir jeté un coup d'œil circulaire, Corian choisit de pénétrer dans la première cabine à sa droite. Il s'avança vers la porte ovale, qui frémit mais ne s'ouvrit pas. Le garçon comprit que Jiu-kam hésitait à le laisser entrer.

— Je veux partager avec toi, Jiu-kam, dit-il doucement.

La porte s'ouvrit. Corian entra et sut tout de suite où il était. Cette cabine était celle de Melvin Maguelonne, le père de Mel, le premier perl de Jiu-kam. Il y avait des vêtements aux couleurs passées posés sur une couchette, un bloc de papier avec des lignes manuscrites effacées par le temps et un jouet accroché au-dessus du bureau, un Abîme en modipeluche ! La reproduction était excellente : une forme oblongue, des petites plaques additionnelles, le cervœil à l'avant un peu arraché par des mains d'enfant, un aileron mâchouillé par des dents de lait voraces… Corian imagina Mel petit garçon, se déclarant grand désormais et offrant son « doudou » à son père pour qu'il l'emporte avec lui comme porte-bonheur, loin dans l'espace.

Les parois de la cabine, soudain, s'assombrirent. Un son sourd et grave monta du sol. Un grondement prolongé, chargé de mille choses, de souvenirs, de joie, de tristesse. Figé, Corian ne fit pas un seul geste. Il se laissa envahir par un maelström de sensations, de sentiments qui n'étaient pas les siens. Devant l'intensité de la suggestion, le garçon ferma les yeux et serra les poings. Jiu-kam évoquait pour son nouveau perl combien il avait été meurtri par la mort de Melvin, homme exceptionnel qu'il avait choisi parmi les garçons d'Autremer quatre décennies plus tôt, alors qu'il était Bathy. Association unique jusqu'à l'accident annoncé par le petit Mel. *Chagrin incommensurable, blessure à cœur, mort, mort… vouloir mourir.*

Des larmes vinrent aux yeux de Corian. Il comprenait. Oh, comme il comprenait ! Lui-même, tout à l'heure, sur le promontoire…

Après un temps de silence, Jiu-kam poussa un ultime cri pour faire le deuil définitif de Melvin Maguelonne, puis Corian sentit l'atmosphère se réchauffer autour de lui. Il rouvrit les yeux. Les parois s'illuminèrent à nouveau. *Toi, toi seul Corian. Incontestable union.* Ce fut comme si l'air lui-même autour du garçon chatoyait de reflets dynamiques et éclatants. Corian sourit. La passation de « pouvoir » était accomplie. Il était désormais seul « maître » à bord. Tendant la main, il prit le jouet avec l'intention de le donner à Aëla. À Obériel, il demanderait aux Maguelonne de récupérer les affaires du premier perl. Lui, il s'installerait ailleurs dans l'Abîme. Cet endroit se résorberait avec le temps. Le lieu disparaîtrait, englouti par la chair, mais le souvenir ne disparaîtrait pas, lui.

Corian sortit de la cabine. Un quart d'heure plus tard, pénétrant à nouveau dans le cervœil, le garçon éprouva le besoin de pousser un grand cri pour manifester sa joie intense devant ce qu'il était en train de vivre. Il exultait. Le tressautement de la chair sous ses pieds lui fit l'impression d'un rire moqueur, complice et tendre. Corian posa alors ses mains sur la paroi translucide et ordonna le retour au large de l'île Creuse. Il était temps de rentrer au bercail. Aëla, Madery et Djem devaient l'attendre, surexcités.

Jiu-kam se mit en mouvement. Bientôt, au détour de l'ombre lunaire, Autremer apparut dans son écrin de nuages, immense océan couleur saphir. Pensant au déferlement médiatique qui l'attendrait en bas lorsque l'équipe de CWV apprendrait son incroyable osmose, Corian soupira, mais une légère pression du cervœil dans son dos le fit glousser de rire. Il n'y avait pas besoin de mots pour traduire ce que voulait lui faire comprendre Jiu-kam : *Pauvre Corian, tu es à plaindre, mais tu te débrouilleras très bien.*

L'Abîme amorça alors sa descente. Il illuminait le ciel en embrasant les nuages de reflets, et Corian se sentit submergé de reconnaissance.

Harmonie et complicité.

« Rien par force, tout par amour. » La devise de l'UPAA prenait tout son sens quand on vivait une telle relation.

Le lendemain, face à la tribune de la salle de presse d'Apalanche, Mel et Sandiane se tenaient épaule contre épaule, solidaires dans l'adversité. Il fallait bien ça pour faire face au tumulte qui grondait devant eux. Le couple était assailli depuis dix minutes par deux cents journalistes, au premier rang desquels Myto Meretta, qui n'appréciait pas du tout le fait que les Maguelonne aient récupéré son ex-poulain. Les questions fusaient à toute allure après l'annonce de l'incroyable osmose de Corian. Chacun donnait son avis, des divergences d'opinion se faisaient jour, des disputes éclataient... Il devenait impossible de faire la part des choses et de savoir qui gardait son bon sens dans cette masse mouvante et hystérique.

—Prouvez-nous que vous dites la vérité ! cria Meretta. Qui nous dit que vous n'êtes pas en train de tenter un coup médiatique pour court-circuiter le succès audimat des *Vainqueurs de l'Impossible* ?

Mel eut du mal à garder son sang-froid.

—Nous n'avons fait que vous informer de ce qui s'est passé hier soir, répliqua-t-il. L'Abîme a besoin de réaménagements. Son perl est pris en charge par un pilote de l'UPAA qui le forme en urgence. Vous les verrez dès que possible.

—Nous avons les droits sur lui, protesta Myto Meretta.

— Vous *aviez*, riposta Mel. En abandonnant lâchement Corian Jon-Scalia après son échec à l'épreuve d'osmose, vous avez prouvé votre incompétence. Rappelez-vous, monsieur Meretta, vous lui avez dit adieu ! De toute façon, c'est clairement indiqué dans le contrat : en cas d'échec à l'épreuve d'osmose, le contrat est nul et non avenu.

Meretta sembla pour un temps avoir le bec cloué. Sandiane, portant son regard vers les allées latérales, avisa une jeune femme dont le bras était tendu et qui essayait vainement de poser sa question. Sandiane fit un geste pour envoyer un micro antigrav jusqu'à elle. La journaliste la remercia d'un sourire et prit la parole.

— Jill Barett pour Djauze-infos, annonça-t-elle. Monsieur et madame Maguelonne, la seule question que j'aimerais vous poser est la suivante : pensez-vous sincèrement qu'un garçon de seize ans soit capable de maîtriser la formidable puissance que représente un Abîme adulte tel que ce… Jiu-kam ? J'étais sur les quais lorsque ce vaisseau, alors incontrôlé et présenté sous le nom de Néo-one, est passé au ras du sol ici-même, à Apalanche. Toutes les structures hors d'eau ont été ébranlées. Imaginons un instant qu'on équipe un tel monstre d'armes, qu'on l'utilise à des fins agressives…

La jeune femme n'eut pas le temps d'en dire plus, un tollé quasi général agita les rangs des journalistes pro-autremeriens tandis que des cris d'acquiescement fusaient du côté des anti-autremeriens.

— Cette association d'un gamin et d'un mastodonte est une bombe à retardement ! hurla Meretta en levant le poing. S'il arrive un accident, vous en porterez toute la responsabilité !

—Que voulez-vous qu'on fasse? cria une Autremerienne au premier rang en se tournant vers lui, qu'on les abatte tous les deux ? On ne va tout de même pas les clouer au sol sur de simples présomptions d'incompétence. Qui nous dit que Corian Jon-Scalia n'est pas à la hauteur ? Tout le monde reconnaissait à ce garçon un charisme incroyable ces jours derniers, avant l'épreuve d'osmose. Si les Bathys n'ont pas voulu de lui, c'est tout simplement parce qu'ils savaient qu'il était destiné à devenir le perl de l'Abîme récemment revenu parmi eux.

—Justement ! intervint Meretta, ravi d'avoir à nouveau l'occasion de monter au créneau. Où était-il cet Abîme pendant tout ce temps? Vingt-sept ans hors contrôle ! Qu'est-ce qui nous prouve qu'il est inoffensif? Puisque vous nous dites que les Abîmes communiquent entre eux, comment ne pas tenir compte de cette nouvelle donne ? Et si cet Abîme contaminait les autres et les entraînait vers un lieu connu de lui seul ?

Le présentateur vedette engloba toute la salle du regard. Sandiane avait pâli en entendant sa dernière phrase. Il venait de dire tout haut ce que tous les Autremeriens craignaient dans leur for intérieur. Mais alors que la peur qui étreignait chaque perl était celle de voir leur Abîme partir loin d'Autremer, laissant un vide incommensurable dans leur cœur, cet homme, lui, rabaissait le problème au seul rang économique.

—Chrone ! jura Mel entre ses dents, ce gars-là est

plus fort qu'on ne le croyait. Il va nous envaser jusqu'aux yeux.

Meretta s'était levé. Les objectifs étaient maintenant braqués sur lui.

— Qui d'entre vous, mesdames et messieurs, oserait aujourd'hui monter dans un vaisseau spatial dont nul n'est sûr qu'il va vous mener à destination ? Souhaiteriez-vous vous perdre pour vingt-sept ans dans les tréfonds de la Galaxie ?

Le silence de mort qui suivit sa diatribe dopa Myto Meretta mieux que n'importe quels applaudissements. Du coup, il osa cracher son ultime venin.

— Ce gamin et cet Abîme doivent être cernés de balises paralysantes pour les neutraliser jusqu'à nouvel ordre. Il faut interdire de vol tous les Abîmes de l'UPAA qui stationnent sur Autremer et subissent l'influence de ce Jiu-kam ! Seuls les Abîmes de la nouvelle compagnie AGT, loin de ce sauvage puisqu'ils sont basés sur Agora, doivent conserver le droit de staser.

— On y est, gronda Mel. La curée commence.

— C'est de l'obstruction au droit interplanétaire de libre circulation ! objecta Sandiane. Pour nous clouer au sol, il faudrait qu'une motion soit votée à la Chambre des Cent Mondes.

— Qu'à cela ne tienne, madame Maguelonne ! Souvenez-vous, cela s'est déjà produit il y a quinze ans. Sauf que, cette fois, personne ne viendra à votre secours[9].

---

9. Voir *Les Abîmes d'Autremer* (op. cit.).

Sandiane se mordit la lèvre tandis que Mel se figeait, les poings serrés. Dans le fond de la salle où il se tenait dans l'ombre, Nachit Norris se dit qu'il n'aurait pas mieux parlé que Meretta.

— Corian, es-tu descendu dans les soutes ? demanda Madery.

— Non.

— Tu dois y aller.

— Je vais avec toi, dit Aëla.

— Je peux venir aussi ? quémanda Djem.

Le petit rouquin semblait plutôt impressionné par le rôle hors du commun que tenait maintenant son ami. Corian haussa les épaules en signe d'évidence.

— Allez-y donc tous les trois, proposa Madery. Je demanderai tout à l'heure à quelques copains de venir ici avec le matériel nécessaire pour remettre la salle de contrôle en état. Il lui faut aussi des plaques additionnelles.

— À quoi servent-elles exactement ? demanda Djem. Jiu-kam s'en est très bien passé pendant toutes ces années, apparemment.

Tout en tendant les harnais antigrav à son ami et à Aëla, Corian expliqua le rôle de protection de ces éléments ajoutés par les humains. Certes, à l'état sauvage, les Abîmes pouvaient s'en passer, mais, d'eux-mêmes, ils ne stasaient pas aussi souvent que les humains leur demandaient. Être protégés par des plaques leur évitait de pénibles désagréments face aux micrométéorites et autres poussières cosmiques qu'ils rencontraient pendant leurs déplacements. Le vide était plein de dangers. En faisant le tour de Jiu-kam, qui s'était prêté au jeu en se mettant sur le dos, Corian avait remarqué, outre la longue cicatrice zébrant son ventre, de nombreuses traces d'impact dues au fait que l'Abîme avait petit à petit perdu toutes ses plaques de protection.

Les trois amis, légers comme des elfes, volèrent en direction de l'immense silhouette. Jiu-kam flottait sur le lac intérieur de l'île. Atan-koï avait cédé sa place au nouveau venu, non sans quelques réticences d'après Madery. Elle attendait au large, en pleine mer. Aëla atteignit Jiu-kam la première. Corian eut un petit pincement au cœur en constatant qu'un pore s'était déjà ouvert devant elle. La légende était donc vraie. Cette fichue gamine avait tous les Abîmes à ses pieds ! Comment faisait-elle ? Elle leur parlait mentalement ? En tout cas, elle les cajolait. Dès qu'elle se posa, elle caressa le rebord du pore. Corian mit pied à sa suite à l'intérieur du tunnel de chair. Djem patina un peu à l'atterrissage, mais bientôt le trio laissait les harnais dans la zone passagers avant de s'enfoncer dans les profondeurs du gigantesque corps.

— Pourquoi aménager des soutes ? demanda Djem.

— Outre leurs passagers, tous les Abîmes transportent des marchandises. Le transport de personnes s'est toujours accompagné de fret. Jiu-kam n'a pas échappé à la règle lors de son aménagement autrefois.

Corian marchait aux côtés d'Aëla, et Djem les suivait avec un objectif pixelon. Il rageait de ne pas avoir filmé la séquence stupéfiante de l'entrée de Corian dans le cervœil de Jiu-kam au-dessus du précipice. Aëla, mystérieusement alertée de l'arrivée de l'Abîme, comme à son ordinaire, avait en hâte réveillé Madery et Djem. Ce dernier n'avait pas pensé à prendre son objectif. Corian en était soulagé. Il n'aurait pas aimé que ces images fassent la une de toutes les chaînes de Cosmo. Cet instant magique n'appartenait qu'à Jiu-kam et à lui.

— Nous atteignons le fond, non? demanda le petit rouquin.

Il ne sourdait plus qu'une faible lumière des parois de chair. Ils arrivèrent devant une écoutille qui leur barrait la route.

— Laisse-nous entrer, Jiu-kam, dit Corian en posant sa main sur la poignée au centre de la porte circulaire.

L'écoutille s'ouvrit et le trio pénétra dans une salle où régnait l'obscurité. Djem fit la moue.

— Dites donc, ici, ça manque un peu de…

— Lumière… dit Corian. Ce n'était pas une réponse à son ami, c'était une injonction à Jiu-kam.

La luminosité habituelle éclairant le vaisseau se fit, et l'immensité de la salle où ils se trouvaient apparut aux yeux surpris des trois amis. C'était effectivement une soute, d'une centaine de mètres de long. Aëla avança de quelques pas. Des coffres métalliques étaient arrimés le long de la paroi, et chacun était estampillé d'un signe: deux M entrecroisés.

— Melvin Maguelonne… dit la petite fille.

Elle tourna la tête de gauche à droite, paupières plissées comme si elle était aux aguets.

— Des choses d'ailleurs, ici… murmura-t-elle en se tournant à demi vers les deux garçons.

— Que veux-tu dire ? demanda Djem, de plus en plus agacé par les phrases laconiques de la fillette. C'est normal qu'il y ait des trucs de ton grand-père là-dedans. C'était son Abîme, après tout.

Elle ne répondit pas. Elle était en train d'essayer d'ouvrir le container le plus proche. Il était rempli de cailloux superbes, des cristaux. Le deuxième contenait des plantes séchées, qui tombèrent en poussière dès qu'elles furent au contact de l'air. Le troisième coffre contenait un antique projecteur holographique. Corian aida Aëla à le sortir. Ils le posèrent sur une console murale. Aussitôt l'appareil bourdonna, car l'Abîme venait de le réintégrer dans ses périphériques. Un holocube était soigneusement protégé dans un compartiment transparent de l'appareil.

— Tu saurais mettre cette vieillerie en marche ? demanda Corian à Djem.

Le garçon s'approcha. Il tâtonna un peu, puis une image se matérialisa. Corian commanda la diminution de la lumière dans la soute. Une voûte céleste apparut au-dessus du trio.

— Eh, ton Jiu-kam se transforme en planétarium ! s'exclama le lutin roux.

La vision magnifique d'une portion de l'univers les dominait.

— J'ai du mal à me repérer, dit Djem en tournant sur lui-même comme une toupie le nez en l'air.

Corian ne répondit pas. Il osait à peine croire à ce

qu'il avait sous les yeux, mais Aëla confirma ses soupçons.

— Loin de la Voie lactée… dit-elle.

Une portion étoilée s'agrandit bientôt devant eux, et un système solaire apparut dans toute sa beauté. Des planètes tournaient autour d'une étoile un peu moins lumineuse que le Soleil, qui restait l'astre de référence pour les Cent Mondes.

Bientôt, avec l'effet de zoom, ils eurent la sensation de plonger en direction d'une planète que ses océans verts faisaient ressembler à une émeraude. Enfin ils se trouvèrent à la surface et là, à leur plus grande stupéfaction, ils virent s'ébattre dans les eaux limpides d'immenses silhouettes familières.

L'image disparut d'un coup. Figés dans l'ombre de la soute, Corian, Aëla et Djem gardaient imprimées sur leurs rétines ces images incroyables. Au bout d'un moment, ils se regardèrent en silence. L'énormité de ce qu'ils venaient de voir les empêchait de parler. Quelque part en dehors de notre galaxie existait un monde aux océans verts. Cette planète avait été filmée. L'appareil holographique devant eux était une antiquité, certes, et l'enregistrement datait du temps de la jeunesse de Jiu-kam, mais il n'y avait aucun doute possible. Un quart de siècle plus tôt, Melvin Maguelonne avait accompli un voyage fabuleux au bout duquel il avait découvert une deuxième planète-océan où vivaient d'autres Abîmes !

12
Cap sur l'inconnu

La Voie lactée : notre galaxie est en forme de spirale. Elle comprend environ mille milliards d'étoiles. Son diamètre est de 100 000 années-lumière[10]*. Agora est au centre, Autremer est située au bord du disque, et la Terre en est diamétralement opposée.*

Le Grand Nuage de Magellan : c'est la plus grande des galaxies satellites de la Voie lactée. Situé à 170 000 années-lumière de notre galaxie, le Grand Nuage de Magellan comprend environ cent milliards d'étoiles. Depuis la fin du vingtième siècle, on sait qu'il est relié à notre galaxie par un pont d'hydrogène.

Atlas autremerien des étoiles

Aëla, Corian et Djem informèrent aussitôt Madery de l'étonnante découverte qu'ils venaient de faire. Le vieil homme prévint Mel et Sandiane. Sidérés, ils avertirent eux-mêmes Paul et Manault, et cette

10. Année-lumière : distance parcourue en un an par un point lumineux à la vitesse de 300 000 km/s.

dernière prévint les Kelleven. Tout le monde se donna rendez-vous à la villa d'Obériel. Madery revint de l'île Creuse à bord d'Atan-koï avec Aëla et Djem. Corian les suivait avec Jiu-kam.

Le garçon se sentait bizarre depuis leur étrange trouvaille. Il tenta de communiquer à ce sujet avec Jiu-kam, mais l'Abîme ne lui transmit aucune sensation en réponse, seulement une demande de confiance. Un peu déçu, sans vraiment oser se l'avouer, Corian se concentra sur son travail de pilote. Son retour à Obériel n'allait pas passer inaperçu. D'après ce que lui avait dit Madery, des dizaines de journalistes l'attendaient depuis qu'ils avaient appris son osmose avec l'Abîme sauvage. Certains avaient même tenté de venir jusqu'à l'île Creuse, mais les couloirs de navigation étaient extrêmement réglementés sur Autremer pour protéger les zones de repos des Abîmes.

Lorsque Jiu-kam apparut dans toute sa splendeur sauvage au-dessus d'Obériel, l'hystérie atteignit son apogée. Ce fut la ruée quand Corian sortit de l'aquaglisseur et mit le pied sur le quai d'Obériel. Il avait laissé son Abîme au large, en compagnie d'Atan-koï et de Mané-jeï. Myto Meretta était là, flanqué de Béla Dorre et des techniciens de CWV. En hâte on avait transporté ici plusieurs modules-studios. Les objectifs des nanocams bourdonnaient en un véritable essaim.

— Corian ! cria Meretta. Je t'avais dit « Sois fort ! » et tu l'as été. Bravo !

Corian en eut le souffle coupé. Il hocha la tête, se demandant s'il ne rêvait pas. Il regarda Meretta et dit :

— Vous m'aviez dit « Adieu », monsieur Meretta. Et vous voyez, grâce à Jiu-kam... je suis au paradis !

La finesse de la réponse enchanta les auditeurs. Le retour instantané d'audimat indiqua à Meretta qu'il fallait qu'il garde l'antenne à tout prix.

— Corian, il faut absolument que tu nous donnes tes impressions. N'oublie pas que tu es un Vainqueur de l'impossible, dit le présentateur.

— Vous vous trompez, répondit calmement le garçon. Je ne suis plus sous contrat avec CWV. Désormais, je suis un pilote de l'UPAA.

Meretta devint vert. Voilà qui n'arrangeait pas ses affaires. Nachit Norris, resté à l'hôtel, allait l'écailler. Il l'avait envoyé là pour tenter de rallier le tandem Corian-Jiu-kam à la cause d'AGT, et ce môme ruait dans les brancards. Comment rattraper le coup ? En un éclair, Meretta revint à l'argumentation qu'il avait développée lors de la conférence de presse.

— Ton Abîme est resté absent vingt-sept ans. Prouve-nous qu'il est fiable et nous serons rassurés.

En pensant au secret découvert dans la soute, Corian pâlit.

Madery regarda Paul et Mel, qui venaient de le rejoindre sur le quai.

— Emmenons Corian à l'écart, leur dit-il. Il ne leur résistera pas bien longtemps, même si, pour l'instant, il se sort très bien de tout ce qui lui arrive.

Les Maguelonne entourèrent leur protégé et tout le monde disparut dans les antigravs sous les quolibets de Meretta.

Le clan Maguelonne était de nouveau réuni dans le salon autour du projecteur holo. Corian avait tenu à reprendre sa place sur les marches de l'escalier. Djem se tenait au centre de la pièce. Il venait de projeter les images trouvées dans la soute de Jiu-kam. Un lourd silence planait. Personne ne semblait vouloir lancer le débat. Chacun réagissait dans le secret de son cœur face aux craintes les plus vives, aux rêves les plus fous, aux espoirs les plus audacieux. Finalement, Sandiane réagit en mère :

— Tu es sûr que les enfants n'ont pas été contaminés d'une façon ou d'une autre par ce qu'il y avait dans les containers ?

Madery hocha négativement la tête. Informé de la découverte du trio, il avait emmené ce dernier dès son retour dans la salle médic d'urgence d'Atan-koï. Aucune trace bactériologique, aucun signe suspect dans les analyses de sang. Les roches et les plantes extragalactiques, puisqu'il fallait bien les appeler comme ça, n'avaient transmis aucun germe aux trois jeunes gens.

— Je suis abasourdi, dit Paul Maguelonne. Trop de choses à la fois qui semblent inexplicablement liées : Corian est repéré sur Djauze, Mané-jeï le veut à bord, Jiu-kam les suit jusqu'ici, les Bathys refusent Corian, Jiu-kam le choisit et, pour finir, il s'avère que cet Abîme disparu pendant vingt-sept ans conserve à son bord la preuve qu'il y a hors de notre galaxie une autre planète-océan.

— Découverte par papa ! Et dire que nous ne savions rien ! soupira Mel.

Il fit signe à Djem de repasser les images. Tous scrutèrent à nouveau les amas stellaires, impossibles à identifier car la vision était prise de l'« extérieur » de la Voie lactée.

—Je savais qu'il stasait jusqu'au bord de la Galaxie, dit Madery. Il s'était bien gardé de me dire qu'il en franchissait les limites !

—C'est sans doute là que Jiu-kam a passé ces vingt-sept dernières années, dit Paul. S'il a pu faire le voyage aller et retour, d'autres que lui pourraient le faire aussi.

Chacun y avait pensé, bien sûr, mais l'entendre formulé aussi catégoriquement figea tout le monde.

—Et Jiu-kam ne t'a rien fait comprendre ? demanda enfin Eviana en se tournant vers Corian.

Le garçon répondit que non. Il était abattu. À peine avait-il noué cette relation unique et sensationnelle avec Jiu-kam que ces événements lui tombaient dessus. Le coup de théâtre que représentait cette révélation risquait d'engendrer de tels remous qu'il craignait que l'animal, perturbé, ne reprenne le chemin des étoiles. Sans lui ! Après les heures exceptionnelles qu'il venait de vivre, il comprenait maintenant pourquoi les perls craignaient tant que leur Abîme prenne le large sans eux.

—Il faut retourner le voir ! asséna-t-il en se levant, l'air décidé. Jiu-kam ne doit pas rester trop longtemps sans moi.

—Oui, allons-y, dit Aëla en venant se glisser près de Corian. Vite ! implora-t-elle en plongeant ses yeux verts dans le regard de son père.

Ce dernier acquiesça et donna le signal du départ. Paz Kelleven partait avec eux pour rejoindre le centre de contrôle lorsque son com de poignet tinta. Il écouta son correspondant en s'écartant un peu, puis revint près du groupe. Manault et Eviana comprirent tout de suite en voyant l'expression de leur père que le message n'était pas une bonne nouvelle.

—Jiu-kam et Mané-jeï viennent de décoller seuls, puis de disparaître en stasant au-delà de la grande lune ! annonça le contrôleur en regardant tour à tour Sandiane et Corian. Les autres Abîmes n'ont pas bougé. Aucun ne les a suivis.

Un trou noir s'ouvrant à leurs pieds ne les aurait pas plus stupéfiés. Corian crut que son cœur s'arrêtait tant la peine le submergeait.

—Dans quelle direction? demanda Sandiane la gorge nouée.

—Apparemment, l'amas de la Carène. Les contrôleurs pensent que le double écho qu'ils viennent de recevoir de là-bas pourrait avoir été produit par la sortie de l'hyperespace de Mané-jeï et de Jiu-kam, mais ils n'en sont pas certains. Il y a peu de balises-repères dans le coin, et aucune communauté humaine dans la zone. L'amas de la Carène est tout à fait hors des routes habituelles.

Sandiane ferma les yeux et flageola un peu. Mel vint la prendre par les épaules.

—Vous voulez dire que j'ai perdu Mané-jeï? cria-t-elle soudain, des sanglots dans la voix.

Paz Kelleven baissa les yeux.

— Tout cela… à cause… de… commença-t-elle, la voix hachée.

— Non, Sandiane ! intervint fortement Madery. Tu ne vas pas tomber dans le piège tendu par Meretta et Norris. Ce n'est pas Jiu-kam qui a « contaminé » Mané-jeï. Tu la connais. Tu sais très bien que, si elle est partie, c'est qu'elle l'a décidé. Tu le sais, n'est-ce pas ? Dis-le !

Le vieil homme avait élevé le ton au point que son fils et son petit-fils étaient étonnés. Rarement Paul et Mel avaient entendu Madery se fâcher ainsi. Cette fois, Sandiane laissa couler des larmes pour de bon.

— Désolée, Corian, murmura-t-elle. Ce n'est pas… ta faute, ni celle de Jiu-kam, j'en suis sûre.

L'adolescent était livide. Il eut un petit sourire à faire pitié.

— Ils vont peut-être rentrer, madame Maguelonne, suggéra Djem. Jiu-kam est parti une fois et il est revenu. Pourquoi pas deux ?

La nuit était bien avancée lorsque Corian fut tiré d'un sommeil lourd par des mains qui le secouaient énergiquement. Il avait ruminé pendant des heures la même question sans trouver de réponse. Pourquoi Jiu-kam l'avait-il choisi si c'était pour le laisser derrière lui trois jours à peine après leur osmose ? Il avait fini par s'endormir, épuisé.

Il ouvrit les yeux, et vit Djem du côté droit de son lit et Aëla du côté gauche. Cette dernière lui fit signe de se taire dès qu'elle croisa son regard. Il s'assit.

— Aëla dit qu'il sont revenus, dit Djem.

Écarquillant les yeux, Corian mit quelques secondes à comprendre. En voyant la mine des deux autres, il réagit enfin. Les Abîmes fugueurs étaient rentrés au bercail ? Un immense poids s'envola de sa poitrine.

— On y va, chuchota la petite fille.

Djem montra à Corian des sacs posés à l'entrée de la chambre.

— Aëla est venue nous réveiller, expliqua-t-il. Tu dormais si profondément que tu n'as pas réagi, alors je l'ai aidée à préparer les bagages. Il y a des respirateurs, des vivres, des vêtements, des ordicoms, une nanocam et des holodiscs.

Il fit une petite grimace signifiant qu'il tenait le reportage de sa vie. Retrouvant d'un coup toute son énergie, Corian bondit sur ses pieds et s'habilla en hâte.

— Où va-t-on ? s'informa-t-il.

— La planète émeraude, répondit Aëla.

Soufflé, Corian haussa les sourcils.

— Rien que ça ?

— Pour une fois je suis d'accord avec elle… asséna Djem. Il faut y aller. Les adultes ne se décideront jamais à tenter le coup avec les menaces imbéciles de Meretta, alors tu vas demander à Jiu-kam de nous emmener sur l'autre monde des Abîmes.

Corian se mordit les lèvres. Il était le plus âgé des trois, aussi était-ce à lui de dire non, impossible, on ne peut pas faire ça. Son hésitation n'échappa pas à Djem.

— Quoi ? Tu ne t'en sens pas capable ? gronda le petit Djauzan. Tu es le perl du plus puissant Abîme d'Autremer, oui ou non ?

Estomaqué, Corian prit le parti d'en rire. Tout son être n'avait qu'un désir, revoir son Abîme, pénétrer à nouveau dans son cervœil, lancer le vaisseau en direction des étoiles. L'occasion était trop belle. Balayant les idées de prudence que lui soufflait sa raison, il se laissa aller tout entier à sa passion. Il s'empara d'un sac de voyage et suivit ses amis à pas de loup.

— Et le centre de contrôle ? demanda-t-il à Aëla.

— En veille.

Ils s'installèrent dans l'autograv des Maguelonne. Corian jeta un coup d'œil à l'écran de bord. Quatre heures du matin.

— Et tes parents ? questionna-t-il encore.

Aëla tapota sur le clavier de l'ordicom. Une petite phrase s'inscrivit sur l'écran, à l'adresse de Sandiane : « Partis vers le monde émeraude. » Les trois complices échangèrent des regards graves. Soudain le fou rire les prit. Waouh ! Ça, c'était la vraie vie !

— Si mademoiselle veut bien nous indiquer la direction à prendre, dit Corian. Embarquement immédiat pour… Primor !

— Primor ? répéta Djem.

— Une nouvelle planète, il faut bien la baptiser, non ? répondit Corian. Et celle-ci est la première où nous allons trouver d'autres Abîmes. Primor me semble convenir.

Aëla eut un sourire ravi.

— Primor ? D'accord. Bravo Corian ! s'exclama-t-elle.

Elle posa un doigt sur la carte-écran du tableau de commandes. Aussitôt l'autograv décolla. Un quart d'heure plus tard, le véhicule survolait les flots, et ils virent bientôt, au loin, deux immenses ombres posées sur l'océan. Le cœur de Corian lui monta à la gorge. Le bonheur l'envahit. Jiu-kam était là ! Et près de lui, Mané-jeï la rebelle se tenait sagement sous sa protection.

— Mais… ils s'aiment ! énonça soudain Aëla.

Elle avait dit cela sur un tel ton de surprise que les deux garçons la dévisagèrent. Comment ? La petite fée des Abîmes pouvait ne pas être au courant de quelque chose concernant ses gigantesques amis ?

— C'était pour ça, leur fuite ! conclut-elle avec une évidence ravie.

Alors Corian comprit. Jiu-kam ne l'avait pas trahi. Il ne l'avait pas abandonné. Il avait seulement suivi son instinct de mâle dominant en exerçant son pouvoir de séduction sur une des plus jolies femelles du cheptel autremerien ! Il avait tout bonnement « enlevé » Mané-jeï avant de la ramener au bercail. Et la belle, visiblement charmée, n'avait pas du tout l'intention de quitter son séducteur !

Corian éclata de rire et fit part à Djem de ses conclusions.

— Fange de poulpe ! Bordée de bugs ! jura le petit Djauzan. Quand je pense que mon objectif aurait pu leur filer le train et filmer ça !

— Oh ! Djemie ! s'offusqua Aëla.

La bonne humeur redoubla dans l'autograv. Voilà pourquoi Aëla n'avait pas été… informée. Les Abîmes estimaient, à juste raison, qu'ils avaient droit à leur vie privée ! Aëla programma le véhicule pour qu'il retourne à son point de départ, puis ils entrèrent à la queue leu leu dans l'Abîme qui venait d'ouvrir un pore pour accueillir son perl.

Corian caressa le plasvital. Jiu-kam le salua avec une débauche de reflets lumineux. Abandonnant Djem et Aëla, le garçon se dirigea vers le cervœil. En passant par la salle de contrôle, il regretta que le travail qu'auraient dû effectuer les amis de Madery n'ait pu être fait. Tant pis. Qu'importait après tout… Jiu-kam avait survécu assez longtemps sans cela. Il était bien capable d'emmener Corian au-delà de la Galaxie avec ses passagers s'il le lui demandait.

13
Le grand saut

De : Marcus Zour, perl d'Elann-ril, immatriculé AGT/E-r
À : Myto Meretta sur Autremer

J'étais prêt à quitter Autremer pour Agora quand Nachit Norris a été prévenu du départ inattendu de quatre Abîmes : Jiu-kam et Mané-jeï d'abord, Tsankur et Atan-koï ensuite. Nachit pense que les premiers sont poursuivis par les deux autres. Il est monté à bord d'Elann-ril et nous les avons pris en chasse. Ils se dirigent vers le bord du disque galactique. Le manque de balises com à cet endroit nous obligera à nous connecter sur le même réseau qu'eux. À ce moment, ils nous repéreront. En attendant, Nachit vous demande :

1) d'annoncer aux infos de CWV que les Abîmes autremeriens stasent vers les limites de la Voie lactée ; de dire qu'ils le font hors de tout plan de vol prévu ;

2) de suggérer que les deux premiers Abîmes sont hors du contrôle de leur perl ;

3) d'insister sur le fait qu'ils mettent en péril l'ordre établi de longue date sur les routes galactiques.

Transmission SODTI
(système optimisé de transmissions instantanées)

Mel et Madery, respectivement aux commandes de Tsan-kur et d'Atan-koï, étaient en intercom rapprochée permanente. Ils se félicitaient tous deux que Sandiane n'ait pas à piloter dans l'état extrême de tension où elle se trouvait. Elle se rongeait les sangs dans la cabine passagers de Tsan-kur avec un tel désespoir qu'Eviana, qui lui tenait compagnie, ne savait plus comment la distraire. Madery était seul dans Atan-koï. Paul et Manault étaient restés sur Autremer pour faire obstacle à la curiosité des médias qui ne pouvaient manquer de se déchaîner. Quelqu'un avait annoncé dans la nuit sur le MégaRés le départ incontrôlé de Jiu-kam et de Mané-jeï. Les fugueurs étaient ensuite revenus, puis ils étaient repartis !

Tôt le matin, Sandiane avait découvert le message laconique d'Aëla : « Partis vers le monde émeraude. » Mel avait échangé un long regard avec Madery et, sans hésiter, ils avaient rejoint Atan-koï et Tsan-kur. Eviana était venue les rejoindre dès l'appel de Sandiane. Les deux Abîmes avaient quitté Autremer à la poursuite de Jiu-kam et de Mané-jeï en se moquant éperdument des procédures obligatoires de plans de vol. Oser braver ainsi les lois édictées par la Chambre des Cent Mondes relevait de la rébellion arrogante. L'info allait mettre le feu aux poudres. Il y avait fort à parier que les réactions seraient immédiates. Tous les pilotes de l'UPAA seraient cloués au sol. Tout cela à cause d'un revenant, d'une jeune Abîme affranchie de la domination de sa perl et de trois gamins frondeurs et inconscients.

—Mais quelle idée ont-ils eu de partir ainsi ? D'un coup, je perds tout, ne cessait de répéter Sandiane. Ma fille, mon Abîme…

—Tu ne vas rien perdre du tout, gronda Eviana. N'oublie pas que Corian n'est pas un perl chevronné, il n'a jamais piloté en stase. Obligatoirement, il va faire des étapes. Il ne pourra pas supporter la pression de sauts trop longs. Nous allons les rattraper.

La voix de Madery leur parvint soudain, atténuée par l'effet protecteur du cervœil d'Atan-koï :

—*Je capte quelque chose…*

—*Moi aussi,* dit Mel.

Sa voix avait la même acoustique cotonneuse.

Eviana se précipita vers les claviers de la salle de contrôle de Tsan-kur. Bientôt un haut-parleur crachota et une voix retentit.

—*… où qu'ils aillent. Nous irons aussi. Je compte sur toi pour les suivre. Tu as tout à y gagner.*

—C'est Nachit ! s'exclama Sandiane.

—*Bordée de bugs,* jura Mel. *Il nous suit ? Comme si on avait besoin de lui ! Mad, peux-tu essayer de savoir dans quel Abîme ?*

—*Oh, c'est vite vu,* répondit le vieux pilote. *Ils n'ont qu'un perl ayant un Abîme assez rapide et puissant pour nous avoir rattrapés aussi vite : Marcus Zour avec son Elann-ril.*

Une autre communication leur parvint.

—*Ici Paul Maguelonne depuis le centre de contrôle d'Obériel sur ligne sécurisée SODTI. Vous m'entendez ? Mad, Mel, vous me recevez ?*

—*Oui, Paul*, répondirent Madery et Mel en chœur.

—*Vous quittez les zones balisées. Nous sommes très inquiets ici. Paz dit que si vous continuez en ligne droite vous allez entrer dans l'amas de Cassiopée et qu'à partir de là, malheureusement, nous vous perdrons sur nos écrans et dans notre intercom.*

—*Si c'est là que vont Jiu-kam et Mané-jeï,* annonça Mel, *nous les suivrons, coûte que coûte.*

—*Nous gardons des lignes SODTI prioritaires pour vous,* répondit Paul. *Dès que vous reviendrez près d'une balise, quelle qu'elle soit, nous serons prévenus.*

—*Merci les gars*, dit Madery.

Puis, l'émotion perçant dans sa voix, le vieil homme ajouta :

—*Paul, je ne pouvais pas le faire la première fois...*

Dans la réponse, chacun sentit combien Paul, lui aussi, était ému :

—*Je sais, papa. Je comprends. Moi aussi, si Wakapeï était toujours vivante, je le ferais. Nous vous souhaitons tous bonne chance. À bientôt...*

Un lourd silence tomba dans la cabine passagers. L'évocation par Paul de sa magnifique Bathy, Wakapeï, morte alors que son perl n'avait que dix-neuf ans, plombait encore un peu plus l'atmosphère. La Bathy avait été attaquée par un monstre des profondeurs alors qu'elle nageait seule dans les eaux d'Autremer. Mourante, elle était revenue dire adieu à son perl avant de disparaître dans les grands fonds. La blessure de Paul ne s'était jamais refermée.

— Qu'a voulu dire Madery en parlant de la première fois ? demanda Eviana à Sandiane.

— Madery aurait sûrement aimé suivre Jiu-kam, il y a vingt-sept ans, supposa Sandiane. Mais il venait de perdre son fils aîné et il fallait élever Mel, qui n'avait que six ans. Pas question de prendre des risques. Aujourd'hui, il est là pour Aëla et pour les garçons, mais aussi pour savoir où se rend Jiu-kam.

— *Attention, stase imminente*, annonça Mel.

Sandiane et Eviana s'accrochèrent à deux poignées toutes proches d'elles que venait de générer Tsan-kur. Le flux de la stase fit tomber le rideau noir familier devant leurs yeux. Une fois de plus, Sandiane remarqua qu'il n'y avait vraiment rien de comparable entre l'effet de stase pour un simple passager accroché à sa poignée et la sensation incroyable qu'éprouvait le perl dans le cervœil de sa bête.

La première plongée de Jiu-kam dans l'hyperespace fut une révélation pour Corian, un véritable enchantement. Face à lui, autour de lui, au-dessus, au-dessous, partout, des fulgurations de lumière illuminaient le cervœil avec une violence et une beauté que le garçon n'aurait jamais pu soupçonner. Une série de vortex s'ouvrit devant lui, inimaginables tunnels trouant l'espace-temps. L'Abîme se fondit avec délectation dans ce tourbillon de turbulences, ce déferlement d'explosions lumineuses. Cela dura le temps de quelques soupirs, le temps de quelques battements du cœur galactique pour que s'accomplisse la volonté du perl qui avait demandé à sa bête : « Conduis-moi là où toi seul sais aller, là où tu étais pendant tout ce temps loin d'Autremer. »

Lorsque l'Abîme, toujours talonné par Mané-jeï, émergea dans l'espace normal, ce fut pour Corian, à l'inverse, un arrachement. Il comprit que la déchirure à la sortie de l'hyperespace n'était pas seulement visuelle dans le ciel, mais aussi dans le corps du perl. Jiu-kam avait fait trois sauts pour atteindre l'amas de Cassiopée, en ligne directe pour parvenir le plus rapidement possible aux franges de la Voie lactée. À chaque bond en stase, Corian avait senti son cœur se dilater sous l'intensité de la sensation.

— Tu te sens comment ? lui demanda Djem lorsque le jeune pilote rejoignit ses passagers.

Aëla souriait. Pour elle, il n'était pas besoin d'expliquer. Corian était certain que la petite fée des Abîmes savait quelles impressions extraordinaires éprouvait le perl pendant les plongées en stase.

— Bien, répondit-il. Mieux que bien.

Il arborait une petite moue plutôt fière, et des étincelles de ravissement illuminaient encore son regard.

— Où nous as-tu amenés ? demanda Djem.

Le lutin roux tenait son nez collé contre un des hublots et tordait le cou en tous sens pour voir les soleils autour d'eux.

—L’amas de Cassiopée, répondit Aëla avant même que Corian n’ouvre la bouche.

—On s’arrête ici ? s’enquit le petit Djauzan.

—Non. Jiu-kam fait une pause pour laisser Mané-jeï se reposer, expliqua Corian. Tu savais que Mané-jeï était la fille d’Atan-koï, l’abîme de Madery ?

—Non, je ne le savais pas.

Djem détailla la longue silhouette oblongue qui se tenait dans l’ombre du grand mâle.

—Elle n’a pas l’air bien fatiguée. Si c’est pas de l’amour ça... Accompagner son don Juan partout où il va ! C’est ta mère qui doit être furieuse, ajouta-t-il en se retournant vers Aëla.

—Malheureuse... rectifia la petite fille.

Puis soudain, se raidissant, elle dit :

—Les voilà !

—Où ? Qui ? s’inquiéta aussitôt Djem en regardant anxieusement autour d’eux.

Il ne parvenait pas à oublier cette incroyable vision holo de nombreux Abîmes sauvages et il craignait d’en voir soudain débarquer une escouade. Aëla le rassura.

—Tsan-kur et Atan-koï, expliqua-t-elle.

Corian se précipita près d’un hublot. Effectivement, l’espace près de Jiu-kam et de Mané-jeï était en train de se déchirer, accompagné d’une distorsion lumineuse aisément reconnaissable : les Abîmes de Madery et de Mel émergeaient tour à tour de l’hyperespace.

—Ça va chauffer, attention la friture ! s’exclama

Djem. Je crains bien que notre cavale cosmique ne s'arrête là.

— Non ! On va sur Primor ! asséna Aëla.

Corian fit demi-tour et repartit au pas de course vers le cervœil. Il arracha ses vêtements et sauta littéralement dans la bulle. Aussitôt il fut assailli par un flot de perceptions venues de l'Abîme.

Loin, loin là-bas, au-delà du néant. S'envoler hors des limites.

Le jeune perl allait poser ses mains sur la paroi du cervœil en face de lui pour donner l'ordre à son Abîme de foncer vers la planète émeraude lorsque Tsan-kur entra dans son angle de vision. Mel Maguelonne se positionnait contre le flanc du grand Abîme de Corian. Ce fut ensuite au tour d'Atan-koï de venir se ranger aux côtés de sa fille, qui se collait à Jiu-kam. Mané-jeï salua sa mère d'un grondement intérieur sourd qui déclencha une onde de choc. Celle-ci se répercuta d'un Abîme à l'autre. Les géants de l'espace firent ondoyer leur peau, agitant leurs plaques additionnelles qui brillèrent dans la lumière des soleils de l'amas de Cassiopée.

— Aëla, où es-tu ? s'écria Djem en se détournant du hublot.

La cabine était vide. Aëla avait disparu. Haussant les épaules, le petit rouquin revint à l'observation de Mané-jeï toute proche. Les hublots ressemblaient à des petits yeux sombres ouverts sur l'espace. Soudain, une main fraîche se posa sur son bras. Il fit un bond en poussant un cri.

Aëla recula, désolée.

— Tu ne pourrais pas faire du bruit comme tout le monde ? gronda-t-il.

Elle secoua négativement la tête.

— Les Abîmes m'entendent, expliqua-t-elle.

Décidément, cette fille est vraiment bizarre, pensa-t-il.

— On s'en va, dit-elle en montrant les poignées de stase. Ma mère est maintenant avec Mané-jeï. Tiens-toi, ordonna-t-elle.

Djem attrapa une poignée tout en regardant dehors.

— On dirait qu'un autre Abîme arrive ! s'exclama-t-il. Dis donc, le coin devient très fréquenté. Terminus Cassiopée : tout le monde débarque !

— C'est Elann-ril, dit Aëla.

Devant la moue d'incompréhension de Djem, elle ajouta :

— Nachit Norris est à bord.

Djem ouvrit de grands yeux.

— Il nous aurait suivis jusqu'ici avec un des Abîmes d'AGT ?

— Oui.

Djem fronça les sourcils.

— Comment tu sais ça ?

Elle ne broncha pas.

— Ah, oui, j'oubliais… les Abîmes discutent et ils te racontent tout. Tu voudrais me faire croire ça ?

— Transmission entre eux, dit-elle. À distance.

Djem fronça les sourcils. Transmission de pensée ou quelque chose du même genre ? Le lutin roux secoua la tête pour chasser cette idée incongrue. Du délire ! Rien d'étonnant à ce que cette fille s'accorde si bien avec ces grosses bestioles. Ils étaient du même acabit, énigmatiques et inquiétants.

Aëla attrapa une poignée.

— Il est temps… commença-t-elle.

Elann-ril émergea à son tour de l'hyperespace à proximité des autres Abîmes, toujours flanc contre flanc.

—… de partir pour Primor ! acheva la petite fée.

— Ils ne vont pas faire ça ? s'exclama Nachit Norris, collé devant un hublot.

— *Je crois bien que si,* répondit Marcus Zour depuis le cervœil, avec au fond de la voix une note plus qu'admirative.

— Mais… il n'y a rien là-bas devant !

— *Oh que si…*

Nachit fronça les sourcils. C'était de la folie. Mel, Sandiane et Madery n'allaient pas se laisser entraîner par ce gamin, ce… Corian, dans une aventure aussi folle ?

— *Ce ne sont plus les perls qui décident,* dit Marcus. *Ou tout du moins ils lâchent la bride volontairement à leurs Abîmes. Hélas, je ne pense pas que nous soyons invités pour le voyage.*

L'espace rayonna soudain de mille éclairs. Démultipliées par la conjonction des quatre Abîmes, les diaprures colorées de l'entrée en stase inondèrent tout le quadrant limite de l'amas de Cassiopée comme une marée de lumière. Elann-ril fut malmené par le remous et repoussé violemment.

—Où vont-ils, chrone de gel ? jura Nachit devant ce déferlement d'énergie.

Une fois son Abîme stabilisé, Marcus Zour gloussa de jubilation.

—*Quels pilotes incroyables!* s'exclama-t-il. *Ils plongent dans le pont d'hydrogène... Un saut de cent soixante-dix mille années-lumière!*

—Un pont? Mais quel pont? Et qui mène où? gronda Nachit, qui ne comprenait plus rien.

Marcus ne lui répondit pas directement.

—*Désolé, monsieur Norris, je pensais que votre AGT serait une alternative intéressante, mais je me trompais. Rien ne vaudra jamais la foi infinie qui lie les perls autremeriens à leurs Abîmes. Je vais vous dire où ils partent. La seule destination qui peut être la leur, vu l'endroit où nous sommes et le fait qu'ils tournent le dos à la Voix lactée, c'est le Grand Nuage de Magellan* !

Et tandis que les tourbillons de lumière absorbaient d'un coup Jiu-kam, Mané-jeï, Tsan-kur et Atan-koï pour les propulser vers des distances incommensurables, Marcus Zour conclut :

—*C'est un jour qui fera date, monsieur Norris. Ces quatre Abîmes viennent de partir vers une autre galaxie.*

14
Primor

Lorsque Jiu-kam nous entraîna dans le premier saut intergalactique officiel de l'histoire de l'humanité, j'avoue avoir eu peur. Non pas peur d'échouer ; mon Abîme l'avait déjà fait et l'expédition réussirait du fait que, cette fois, quatre Abîmes mettaient leur puissance en commun. Non, j'avais peur de ce qui nous attendait, fragiles humains que nous sommes, loin là-bas au fond de l'espace. Une peur irraisonnée, viscérale et légitime.

Les hommes avaient domestiqué les Abîmes sur Autremer. Ils en avaient fait leurs amis, leur moyen privilégié de voyager sans risques dans la Voie lactée. Mais au contact d'Abîmes sauvages, en grand nombre de surcroît, comment allaient réagir nos compagnons ? Quant aux autres, que feraient-ils à notre arrivée ? J'avoue aussi que j'avais peur que Jiu-kam, devant l'appel de la liberté, ne fasse un choix. J'étais loin de la vérité. Primor me réservait des surprises.

Une Vie au service d'un rêve,
mémoires de Corian Jon-Scalia

—Elle s’appelle Primor.

Aëla était blottie contre son arrière-grand-père face à la courbure de la planète. Un arc émeraude nimbé de blanc coupait en deux la grande baie générée par Jiu-kam à l’étage en dessous de son cervœil. Les quatre Abîmes étaient immobiles dans la très haute atmosphère de Primor. Ils avaient ouvert entre eux des couloirs d’accès, et tout le monde était maintenant réuni. Il y avait donc là Madery, Aëla, Mel, Sandiane, Eviana, Djem et Corian. Devant eux s’offrait le monde nouveau où venait de les conduire Jiu-kam après leur folle cavalcade intergalactique, matérialisée par un fabuleux bond en hyperstase.

La couleur particulière de son océan mise à part, la planète Primor ne paraissait pas très différente d’Autremer, comme ça, au premier coup d’œil.

—Chrone ! Quand j’ai compris que nous plongions vers le Grand Nuage de Magellan… dit Mel. Papa a fait ça et n’a jamais rien dit à personne ?

—Si, dit Aëla.

Elle s’était levée et, le front appuyé contre la baie vitrée, contemplait la planète en dessous. Sa main était posée sur un rebord de chair de Jiu-kam qui avait changé de couleur à son contact.

—À Katelle, poursuivit-elle. Jiu-kam le dit.

—Bien sûr ! s’exclama Madery. Il a raison.

Djem écarquilla les yeux de scepticisme. Ça l’étonnait de plus en plus de voir que tout le monde trouvait normal qu’Aëla prétende communiquer aussi facilement avec les Abîmes.

—Je me souviens d'un poème du recueil *La Complainte des avenirs,* poursuivit Madery. Melvin avait sûrement parlé à sa femme de cette planète.

Le vieil homme récita alors des vers écrits jadis par la mère de Mel.

S'envolera l'Abîme vers demain,
Pour un cœur battant
Sur l'incroyable chemin...

Le silence succéda à ces mots.

—Ça colle bien en effet, approuva Eviana. Jiu-kam vient d'ouvrir un incroyable chemin qui sera sûrement utilisé dans le futur…

—Et le cœur battant, poursuivit Corian, je peux dire que c'était mon cas pendant l'hyperstase.

Sandiane, Madery et Mel échangèrent un regard. Vu ce qu'eux, pilotes aguerris, avaient ressenti, ils se doutaient des sensations éprouvées par ce perl de seize ans.

—Cette Primor est belle, constata Sandiane en regardant par la baie, mais elle semble très étrange et nous ne savons rien sur elle.

—Si on allait l'admirer de plus près ? proposa Mel.

Après une descente prudente, ils survolèrent en orbite basse une île apparemment déserte. Corian, que les autres avaient équipé d'un système nanocom, annonça que Jiu-kam lui transmettait l'image d'une autre île-continent sur la face cachée de la planète.

Toujours en formation, Jiu-kam en tête et les trois

autres à sa suite, les quatre Abîmes survolèrent l'océan. Ils constatèrent alors que dans ces eaux étrangères vivaient effectivement des Abîmes !

— C'est donc vrai ! s'extasia Madery. J'ai toujours pensé qu'il pouvait y avoir des Abîmes ailleurs que sur Autremer.

On sentait que le vieil homme jubilait.

— Je plonge les voir, lança-t-il.

— Non ! Madery ! cria Mel. Ils sont sauvages, ça peut être dangereux !

Se rendant aux arguments de son petit-fils, Madery renonça. Il accepta de rester en orbite haute et partit patrouiller en direction de l'ouest avec Atan-koï. Mané-jeï, à nouveau totalement maîtrisée par Sandiane, suivit sa mère. Devant le magnifique spectacle qu'offrait Primor, la passion de Sandiane pour les images avait ressurgi, et la jeune femme voulait filmer différents points de l'hémisphère baigné par le soleil. Mel, lui, prit la direction du pôle nord, lequel était couronné d'une calotte glacière gigantesque. Quant à Corian, qui avait toujours à son bord les deux adolescents, auxquels s'était jointe Eviana, il confia à Jiu-kam la tâche de survoler l'île-continent à moyenne altitude.

— Djemie, filme l'extérieur ! suggéra la petite fée des Abîmes.

Djem fit une grimace. Mademoiselle « Mes désirs sont des ordres » frappait une fois de plus ! Mais Aëla avait raison. Il fallait immortaliser les lieux. Djem lâcha ses objectifs pixelon. Dès que les images lui parvinrent, il se dit qu'il tenait là le scoop du siècle, sauf qu'il avait juré un peu plus tôt aux Maguelonne de garder tout cela secret. Chiourme ! Quel gâchis ! Survolant la surface à basse altitude, les objectifs révélaient un monde fascinant. Djem, Aëla et Eviana furent captivés par l'étrangeté de ce qu'ils découvraient : des forêts minérales, des arbres coraux, de splendides plaines de cristaux sur lesquelles il ne faisait sûrement pas bon marcher pieds nus !

— *Comme c'est beau !* murmura la voix de Corian dans les haut-parleurs.

Il voyait encore plus de choses que les autres grâce au cervœil. D'étranges animaux filiformes, qu'il baptisa aussitôt serpents-fil, flottaient les uns contre les autres dans l'air raréfié jusqu'à former des nœuds inextricables. Le poids de la communauté les entraînait finalement vers le sol, où l'essaim explosait en touchant les cristaux. Chaque individu montait alors à nouveau dans l'air léger à la recherche de ses congénères pour reformer un nouvel écheveau, cela dans le seul but de retomber à coup sûr pour mieux s'élever ensuite. Le cycle était apparemment immuable.

Océans verts, lacs jaunes, montagnes noires, fleuves rouges… tout ressemblait à un paysage terrestre retouché par un artiste fou jouant avec sa palette graphique. C'était comme un paysage familier en mille fois différent. Soudain Aëla, appuyée contre la chair de Jiukam, se tétanisa. Eviana et Djem la virent pâlir.

— Quoi ? s'exclama Djem, qu'est-ce qu'il y a ? Jiukam ?

— Non, Atan-koï.

— Qu'est-ce qu'il te dit à propos d'Atan-koï? la pressa Djem sans se rendre compte que, contrairement à ce qu'il pensait un peu plus tôt, il admettait lui aussi une supra-communication entre Aëla et les Abîmes.

— Très grave, dit la petite fille, livide.

Avant que les autres aient eu le temps de l'interroger à nouveau, la voix paniquée de Corian leur parvint :

— *Atan-koï est attaquée par un Abîme primorien !*

15
Combat de titans

Quand les Abîmes sont-ils apparus sur Autremer ? Pourquoi y sont-ils restés ? Ces interrogations demeurent sans réponses, mais de nouvelles suppositions sont désormais possibles grâce aux découvertes faites par l'expédition dite Cassiopée-Magellan. Des communautés d'Abîmes vivraient en plusieurs lieux de l'univers. L'une d'elles a été observée dans le Nuage de Magellan.

Des Abîmes sauvages pourraient donc faire irruption sur les voies galactiques empruntées par les vaisseaux de transports des Cent Mondes. Des stases incontrôlées provoqueraient des catastrophes. En vue d'éviter cela, des balises refoulantes seront implantées à la périphérie de l'Essaim. De plus, des sondes de prospection seront lancées vers les différents amas stellaires autour de notre galaxie afin de repérer des menaces éventuelles d'attaques étrangères.

Rapport de la Commission de protection spatiale

La grande Abîme était blessée à mort. Madery

l'avait compris. Il sentait jusqu'au tréfonds de lui-même la souffrance de sa bête. La douleur irradiait du flanc de sa nef. Ainsi l'avait-il toujours nommée, rendant hommage à sa nature de femelle. Atan-koï ne résisterait pas à un autre assaut.

Alors que Sandiane survolait l'océan, contemplant sous elle l'imposant troupeau d'Abîmes composé de dizaines de femelles et de Bathys, le mâle dominant avait surgi d'un coup, sortant de stase à une distance si proche de Mané-jeï que la déchirure de l'espace-temps avait atteint cette dernière de plein fouet, la paralysant à moitié.

Profitant de cet affaiblissement calculé, le mâle voulut obliger Mané-jeï à descendre vers son troupeau. Il désirait cette nouvelle venue pour enrichir son harem. Sandiane, atterrée, comprit qu'il s'agissait d'un rapt, d'une mise en demeure d'obéissance à laquelle Mané-jeï, affaiblie, n'allait pouvoir résister. Elle hurla un appel au secours à Madery. Le pilote reçut le message en même temps qu'Atan-koï percevait l'appel à l'aide de sa fille. Avant que Madery ait eu le temps de comprendre ce qui se passait, la grande Abîme faisait demi-tour et fonçait en direction du mâle arrogant. Elle éperonna son flanc d'un coup de heurtoir agressif pour qu'il s'éloigne de Mané-jeï, mais l'autre réagit aussitôt. Il prit du recul, jaugea cette adversaire inattendue, vit à qui il avait affaire et fonça de toute sa puissance, rostre en avant, cervœil obscurci. Il frappa Atan-koï avec une telle force que la nef de Madery fut éventrée au flanc droit. La douleur envahit l'immense corps. Atan-koï perdit du coup ses repères dans cet espace étranger. Son radar intérieur, sorte d'aimant mental qui la reliait aux étoiles pour lui permettre de se positionner à tout moment dans l'espace, se brouilla. Le mâle lui ordonna de s'éloigner et de le laisser agir à sa guise avec Mané-jeï, mais Atan-koï refusa d'obtempérer. L'autre changea alors de tactique. Si cette vieille femelle ne voulait pas rentrer dans le rang et obéir, il fallait l'éliminer.

Une deuxième fois, avec une puissance calculée pour tuer, il éperonna Atan-koï. Sous la violence du choc, la grande Abîme dériva sur une bonne distance avant de réussir à se stabiliser. Ce déséquilibre l'avait fait chuter de plusieurs dizaines de kilomètres. Du coup, elle entra dans l'atmosphère de Primor sans pouvoir s'y préparer, défenses relâchées, et le feu du contact avec l'air pénétra profondément dans la blessure qu'elle portait au flanc droit. Les plaques additionnelles giclèrent comme des feuilles au vent, dénudant tout le ventre d'Atan-koï. Madery perçut, à la limite du supportable, les vagues de souffrance submergeant la conscience de son Abîme. Le vieil homme réussit tant bien que mal à la faire remonter hors d'atteinte des langues de feu du ciel mais, en rejoignant la haute atmosphère, elle se retrouva face à son adversaire, qui l'attendait patiemment pour parachever son œuvre de mort.

Dès le début de l'attaque, Madery avait lancé un appel au secours en direction des autres. Mel, qui devait être de l'autre côté de la courbure de la planète à explorer la calotte glaciaire, ne répondit pas. Impossible de passer par une communication SODTI sur Primor. Madery largua des balises d'alerte tous azimuts. L'un des messages atteignit Jiu-kam au moment où Aëla percevait les râles d'agonie d'Atan-koï, et Corian mit aussitôt le cap vers l'ouest.

Sandiane, quant à elle, retenait Mané-jeï pour qu'elle n'aille pas se faire broyer par le mastodonte. Il lui fallait toute sa maîtrise pour empêcher son Abîme de bondir à la rescousse de sa mère. La gorge nouée, la jeune femme assista, impuissante, à la fin d'Atan-koï, tournoyant comme un fétu de paille sous les coups assénés par l'Abîme primorien.

Jiu-kam arriva aux côtés de Mané-jeï.

—*Extraction!* ordonna Corian. *Création d'une galerie de sauvetage pour mes passagers.*

Jiu-kam exécuta tout de suite l'ordre lancé par son perl. Il généra un tunnel dont l'extrémité alla se coller instantanément contre l'avant de Mané-jeï, légèrement en arrière du cervœil.

—*Fuyez!* ordonna Corian à Aëla, Eviana et Djem par son nanomicro. *Vite!*

—Et toi, Corian? Qu'est-ce que tu vas faire? hurla Djem dans la salle de contrôle.

Aëla tira le petit Djauzan vers l'issue de secours.

—Se battre, lança-t-elle.

Au pas de course, ils détalèrent. Sandiane comprit la manœuvre de Corian et ordonna à Mané-jeï d'ajuster sa chair à celle de Jiu-kam. Bientôt, les trois passagers furent à l'abri. Jiu-kam se détacha et fonça.

L'arrivée de ce nouvel adversaire ne sembla pas impressionner l'Abîme primorien. Il fit front. Jiu-kam marqua un instant d'arrêt, pendant lequel Corian fut submergé de sensations. Les deux mâles se jaugeaient. Corian comprit qu'ils se connaissaient bien. Le grand mâle blanc avait mal pris l'arrivée surprise de Jiu-kam dans son territoire des années plus tôt, mais l'Abîme autremerien, blessé à l'époque, s'était soumis à l'autorité du chef. En fait, Jiu-kam attendait son heure. Récemment, le mâle blanc l'avait attaqué. Il vieillissait et devenait agressif sans raison valable, comme tout à l'heure, avec Atan-koï. L'Abîme autremerien avait alors pris le large en direction des franges du Nuage de Magellan. Près du vide intergalactique, il s'était souvenu de ses racines et avait stasé vers la Voie lactée, jusqu'à croiser Mané-jeï et Corian.

Aujourd'hui, Jiu-kam revenait sur Primor, affermi par la force que lui donnait son alliance avec son nouveau perl. La donne était différente. Le mâle primorien devait sentir confusément, depuis un moment déjà, que son temps s'achevait. Il regarda avec haine ce mâle splendide en pleine force de l'âge, prêt à l'affronter. Son arrogance décupla sa rage. Pour affirmer sa propriété sur le troupeau flottant en bas, il plongea d'un coup en direction de l'océan. Avant que Corian puisse faire quoi que ce soit, Jiu-kam en fit autant. Le garçon comprit que l'instinct de son animal reprenait le dessus.

Impuissant devant la tournure des événements, Corian laissa retomber ses bras le long de son corps. Il frémit en percevant la puissance incroyable que l'Abîme mettait en œuvre pour se jeter à l'attaque de l'autre. Le garçon se dit qu'il vivait là une situation unique. L'heure de la succession avait sonné. Jamais personne n'avait su comment s'effectuait l'organisation hiérarchique dans les troupeaux d'Abîmes. Qu'est-ce qui faisait qu'un mâle dominait tout le groupe ? Corian, aujourd'hui, avait l'occasion d'avoir la réponse en direct. Il ressentait de l'intérieur le désir de pouvoir, l'envie de supériorité de son Abîme. Le garçon pensa n'être devenu qu'une marionnette dans la bataille qui allait se jouer, mais ce n'était pas le cas. Avant d'atteindre l'autre, qui s'était immobilisé dans l'atmosphère de Primor, Jiu-kam s'arrêta.

La présence du perl dans sa chair et le choix qu'il avait fait de se lier à cet adolescent freinaient l'Abîme dans son offensive vengeresse. Sa soumission consentie à l'humain revint d'un coup, et Corian en fut profondément ému. Il sentait combien l'animal était tenté de retrouver cette liberté qui avait été la sienne pendant vingt-sept ans. Mais Corian était là, enchâssé dans le cervœil, et Jiu-kam avait tellement foi en son perl qu'il avait besoin de son assentiment pour aller se battre et anéantir l'autre. En cet instant, le géant des cieux fit comprendre à ce jeune humain qu'il n'était rien sans lui, qu'il avait besoin de son aide. Il voulait être secondé par le garçon qu'il avait élu comme pilote. Percevant autour de lui le corps immense ramassé en un concentré d'énergie, Corian hésita, conscient de l'enjeu de ce qui allait se produire, mais il se devait d'offrir à l'Abîme une chance de réaliser son ambition, semblable à celle que l'animal lui avait offerte.

Au bout de longues secondes, après avoir pesé le pour et le contre, Corian prit sa décision en connaissance de cause. Il leva les mains et les posa sur l'avant du cervœil.

— Gagne ce troupeau, Jiu-kam ! dit-il.

L'Abîme se rua sur son adversaire.

Lorsque Mel rejoignit enfin le lieu des événements, la partie était jouée. Les deux mâles s'étaient battus à mort sous les regards épouvantés de Sandiane et de ses passagers. Jiu-kam, vainqueur, affichait maintenant sa réussite en survolant le troupeau impressionné de voir la carcasse sans vie du mâle blanc dériver vers l'océan. L'Abîme de Corian imposa aux femelles de se grouper au large. Il amerrit au milieu d'elles. Les Bathys et les jeunes mâles s'approchèrent, glissant sur les eaux vertes de Primor pour venir rendre hommage à leur nouveau maître. L'ancien disparaissait dans les flots. Lorsque Corian vit que le troupeau reconnaissait la suprématie de Jiu-kam et que son autorité ne serait pas mise en doute, le garçon demanda à l'Abîme de décoller et de rejoindre les autres dans l'espace proche.

Tsan-kur et Mané-jeï suivaient lentement Atan-koï, qui dérivait sur le rideau noir de l'espace piqueté d'étoiles. Avec un coup au cœur, Corian comprit que c'était la fin de la belle Abîme de Madery

Maguelonne. Après avoir plaqué Jiu-kam contre Tsan-kur, il se précipita par un sas le long des coursives jusqu'à la salle de contrôle, où tout le monde était groupé.

Les visages étaient blêmes. Aëla avait le front contre la baie au-delà de laquelle on voyait Atan-koï. Mel tenait Sandiane par les épaules. Eviana était assise devant le système de communication.

— Madery… suppliait la jeune capitaine, parlez, je vous en prie.

— Il ne répondra pas, dit Mel.

Soudain, Aëla se mit à trembler. Elle serra convulsivement ses bras autour d'elle, reculant de la baie vitrée pour pleurer.

— Ce n'est pas possible, gronda Corian, non…

Il fit demi-tour et repartit à toute allure vers Jiu-kam. Il se glissa dans le cervœil, ordonna à l'Abîme de se détacher de Tsan-kur pour rejoindre Atan-koï, mais le temps qu'il arrive à l'endroit où le gigantesque corps tournoyait dans l'espace, c'était trop tard.

— *N'approche pas, Corian!* dit soudain la voix de Madery dans son nanocom. *Reste où tu es, restez tous silencieux.*

Le garçon comprit que les autres, dans Tsan-kur, étaient aussi à l'écoute.

— *C'est fini. Atan-koï est morte. Elle a été ma vie. Grâce à elle j'ai connu le bonheur avec mon épouse Marine, des joies inconcevables lors de voyages fabuleux et, pour finir, elle m'a amené jusqu'ici, au-delà des limites de l'univers connu pour découvrir un monde où vivent ses semblables dans une splendide liberté. Je suis heureux d'avoir connu cela avant de faire l'ultime voyage. Mel, dis à Paul que je regrette qu'il ne soit pas là. Aëla... ma chérie, ma petite fée des Abîmes, n'aie jamais peur de ce que tu es.*

La voix se cassa tandis que l'immense silhouette descendait lentement en silence vers l'atmosphère bleutée du crépuscule de Primor.

Personne ne parla jusqu'à ce que dans une gerbe de feu, telle une étoile filante, la grande Atan-koï disparaisse avec son perl dans l'océan primorien. Au moment ultime, au milieu des derniers grésillements, un mot parvint dans les haut-parleurs : ... *aime.*

Corian resta longtemps comme les autres, les larmes aux yeux, à contempler le monde tranquille qui effectuait sa ronde immuable en dessous. À l'océan immense succéda le petit continent, puis l'océan à nouveau. Madery reposerait dans l'éternité de ce monde. Nul doute qu'avec le souvenir de quelqu'un d'aussi exceptionnel que Madery Maguelonne dans la mémoire de leur planète les Abîmes primoriens deviendraient des sages.

Corian sentit un frémissement dans le cervœil autour de lui. Jiu-kam partageait sa tristesse. Le grand Abîme attendait maintenant que son perl prenne sa décision. Quoi que fasse Corian, son avis serait respecté.

—Il est temps... que je parte, dit le garçon avec un sanglot nouant sa gorge.

Corian... C'était comme si la « voix » de Jiu-kam contenait aussi toute la peine du monde... et en même temps une formidable exaltation. Au milieu de ses larmes, le garçon sourit. Son Abîme serait heureux. Que demander de mieux ? Il se pencha pour toucher de sa joue la paroi du cervœil, qui s'irisa.

—Lorsque j'ai posé mes mains pour te mener au combat, murmura-t-il au plus près de la masse translucide, je savais ce que je faisais. Exaucer tes désirs comme tu as comblé mon rêve. Ta vie est ici, Jiu-kam. Tu as passé vingt-sept ans ici, attendant avec patience. Tu m'as conduit jusqu'à Primor, tu m'as fait connaître ce monde que tu as choisi, ton monde. Je t'y laisse, Jiu-kam, car je sais qu'il faut que tu t'occupes de ce troupeau qui est le tien désormais. Je t'y laisse car je te respecte plus que tout.

Peine. Peine immense et joie. Joie insensée. Amour aussi. Accomplissement de soi. Pour l'un, pour l'autre. Corian mien indéfiniment. Inoubliable fusion.

Les yeux de Corian resteraient secs cette fois. Il avait l'impression de n'avoir plus de larmes, que sa souffrance était au-delà des larmes, et en même temps il se sentait si fier, si profondément, intensément heureux d'avoir eu la chance unique de vivre ce qu'il avait vécu grâce à cet être magnifique qui s'était offert à lui et dont il avait tant reçu. Il caressa une dernière fois la paroi du cervœil autour de lui. Celui-ci l'enserra soudain dans une longue étreinte, lui transmettant un ultime message d'une intensité inégalée. Bouleversé, Corian sortit de ce havre en sachant que nulle part, jamais, il ne retrouverait une telle sensation de sécurité.

Il enfila une combinaison spatiale, testa le fonctionnement de l'appareil et marcha jusqu'à un sas. Il y pénétra et sentit soudain l'impesanteur le soulever. Il ferma le casque et mis le système respiratoire en marche, puis il s'approcha à la limite du pore que son Abîme avait ouvert pour lui. Sur la visière de son casque se reflétait la courbure de Primor. Après une ultime caresse, les mains de chaque côté de l'ouverture, Corian quitta son Abîme et s'envola dans le vide.

Dans la salle de contrôle de Tsan-kur, chacun retint son souffle en voyant soudain cette minuscule petite silhouette émerger lentement de l'ombre de l'Abîme. Lorsque Corian s'immobilisa face à Jiu-kam pour échanger un dernier regard, les yeux noirs derrière le casque face au cervœil embué, Djem demanda :

— Mais qu'est-ce qu'il fait ?

Alors Aëla se mit à parler.

— Il le laisse ici car Jiu-kam a la charge d'un troupeau, maintenant. Jiu-kam doit veiller sur les femelles et sur les petits, leur apporter protection, éduquer les jeunes. Il doit les canaliser pour les maintenir dans cette partie de l'univers. Il doit aussi les préparer à accepter un jour l'osmose, leur faire comprendre que l'union avec un humain est une chance. Pour cela, il n'y aura pas mieux que Jiu-kam, le seul Abîme d'Autremer à avoir eu deux perls exceptionnels.

Djem regarda la petite fille, ahuri une fois de plus par son comportement, si imprévisible. Sandiane, Mel et Eviana contemplaient l'enfant, eux aussi, avec une surprise béate. Dans un sourire mêlé de larmes, Aëla ajouta :

— Madery m'a dit un jour que, dans des circonstances importantes, les Abîmes savaient tenir de longs discours.

Elle tourna les talons et disparut.

Quelques instants plus tard, appuyée contre la chair de Tsan-kur, elle murmura, comme une réponse :

— Oui, Corian. Maintenant avec nous.

Lorsque Tsan-kur ouvrit un pore pour accueillir le garçon à l'intérieur de lui, il fit étinceler ses plaques dans le soleil tout en poussant un long cri sourd. L'Abîme rendait ainsi hommage à ce jeune humain qui avait su, par le sacrifice qu'il s'imposait en laissant Jiu-kam sur Primor, reconnaître toute la noblesse de sa race.

Épilogue

Un Abîme d'Autremer est un vaisseau spatial qui a des pattes pour courir plus vite vers les étoiles, un chauffage pour protéger du froid de l'espace et des jeux holos pour s'occuper pendant le voyage. Les Abîmes sont pleins d'amour pour les enfants humains. Ah, oui, ils ont aussi des perles à l'intérieur, mais on ne peut pas faire de colliers avec. Pourtant, ce sont des perles brillantes et célèbres.

Témoignage d'enfant diffusé sur le MégaRés

Dès qu'ils sortirent d'hyperstase dans l'amas de Cassiopée, ce fut la ruée. Une foule de vaisseaux se pressait dans le secteur et, quand les journalistes virent deux Abîmes au lieu de quatre, les questions fusèrent. La police de la CCME prit cependant tout le monde de vitesse et vint arrêter ceux que les médias, toujours avides de sensationnel, surnommaient déjà les « Voyageurs de l'Impossible ».

La plupart des interrogatoires eurent lieu sur place. L'espace faisait une zone idéale de quarantaine au cas où ces explorateurs du néant auraient ramené des microbes. Analyses, contre-analyses… Finalement, il fallut bien se résoudre à admettre qu'ils ne présentaient aucun signe de maladie ou de déséquilibre mental dû à leur saut vers le Nuage de Magellan. On leur infligea une solide amende pour vol non autorisé et on les laissa revenir sur Autremer.

Djem enrageait de ne pas pouvoir montrer tout ce qu'il avait filmé. Après un montage avec Sandiane, il diffusa des vues d'Atan-koï blessée à mort. La version officielle fut qu'elle avait été heurtée par une météorite. Mieux valait cacher l'existence de Primor ! Il fut plus difficile d'inventer une histoire pour la disparition de Jiu-kam. Finalement, Corian proposa de jouer les victimes et fit croire que son Abîme avait de nouveau disparu sans crier gare. Aëla se retenait pour ne pas rire lorsqu'elle l'entendait dire, des trémolos dans la voix, que l'Abîme l'avait laissé tomber comme une vieille moonboot !

Nachit Norris et les actionnaires de CWV et d'AGT faisaient profil bas. Personne ne donnait cher de l'avenir d'AGT : la compagnie semblait condamnée avant même d'avoir vu le jour. Plus personne ne songeait à interdire de vol les Abîmes de l'UPAA après l'exploit des Maguelonne et de Corian. On les considérait au contraire comme des pionniers dignes d'admiration, qui venaient d'ouvrir de nouveaux chemins vers les étoiles.

Le discours prononcé par le délégué Jankiel, représentant Autremer à la Chambre des Cent Mondes, fut un grand moment d'émotion galactique : « Ne demandons pas à rester cachés à l'écart de l'univers en attendant qu'il vienne à nous et nous apporte tout ; demandons au contraire à partir à la rencontre de l'univers, pour le découvrir mais aussi pour qu'il nous découvre, car la richesse est peut-être là où nous ne l'attendons pas... À la fois loin, très loin de nous, mais aussi... en nous ! »

Fuyant la folie médiatique, les Maguelonne avaient trouvé refuge dans l'île Creuse. Tout ici rappelait Madery, mais la tristesse fit bientôt place à la joie profonde de savoir le vieil homme en paix éternelle avec sa belle Abîme. Parfois, le soir, ils se réunissaient autour d'un télescope sous un dôme qu'Aëla avait tenu à faire aménager.

Au cœur des nuits étoilées, ils lançaient la prospection par ordinateur et l'appareil tournait sur son axe à la recherche de « leur » galaxie. Ensuite, l'un après l'autre, ils collaient leur œil sur l'oculaire. Oh, bien sûr, ils voyaient bien mieux sur l'écran numérique, mais la sensation n'était pas la même. Et puis, ces larmes qui venaient lorsqu'ils pensaient voir l'étoile éclairant Primor, chacun expliquait qu'elles étaient dues à la difficulté de la mise au point, et non à l'émotion de penser à Madery, à Atan-koï ou à Jiu-kam au milieu des siens, tel un souverain magnifique en son royaume.

Seul Djem manquait à ces soirées. Le petit lutin roux était rentré sur Djauze pour revoir sa mère. Bien évidemment, son père avait pardonné, trop heureux de la publicité gratuite que son aventurier de fils lui avait procurée. Les sondages le mettaient en tête dans la course au poste de Premier ministre. Du coup, Djem avait obtenu son accord pour poursuivre ses études à l'Institut supérieur de l'holovisuel sur Agora.

Avant de quitter Djauze pour la planète gouvernementale, Djem était allé voir Osmond Jon-Scalia. Il avait apporté au père de Corian un avis d'amnistie pour les erreurs du passé. Les mains de l'homme avaient un peu tremblé. Désormais, il n'était plus un clandestin. Un jour peut-être reverrait-il son fils...

— J'aurais aimé qu'il vienne avec son Abîme...

Lorsque Djem avait répété en transcom ces mots à Corian, le garçon avait baissé les yeux. Oui. Il retournerait sur Djauze, plus tard, quand il aurait trouvé les financements pour établir sur la planète du Dragon des fabriques de combinaisons en spacestuff durci. Il n'avait pas oublié son idée de protéger les Djauzans grâce aux nouveaux polymatériaux.

En attendant, il restait sur Autremer avec les Maguelonne, qui semblaient l'avoir adopté, parce qu'il ne pouvait pas envisager pour l'instant de vivre loin des Abîmes. L'idée de le prendre comme conseiller pour la formation des futurs perls était venue de Donatien Mac G'Hill et de Lisbell Volcano. Ces deux-là avaient craqué l'un pour l'autre. Personne ne le savait, hormis Corian. Lorsqu'ils avaient suggéré son nom comme instructeur, Corian avait été sidéré que l'UPAA l'accepte pour une telle tâche. Mais, quand il avait rencontré les nouveaux perls et leurs Bathys, il avait mesuré le gouffre qui les séparait de lui. Bien sûr, il était déjà un peu plus âgé qu'eux au moment de l'épreuve d'osmose, mais sa prodigieuse aventure avec Jiu-kam l'avait métamorphosé. Il avait mûri et se sentait prêt à consacrer tout son temps à ce mystérieux lien qui unit l'Abîme à son perl.

—Où est Aëla ? demanda Sandiane un soir qu'ils observaient les étoiles une fois de plus.

—Il me semble l'avoir vue près de Mané-jeï tout à l'heure, répondit Mel.

—Je descends la rejoindre, dit la jeune femme. Je ne sais pas ce qui lui arrive, mais depuis quelques jours elle ne quitte plus Mané-jeï.

Corian eut un petit sourire. Tandis que Sandiane fixait son harnais antigrav pour s'élancer dans le vide au-dessus du lac de l'île Creuse, il la suivit des yeux, se demandant si aujourd'hui sa fille allait lui dire…

La jeune femme rejoignit bientôt son Abîme, qui flottait au centre du lac de l'ancien volcan. À cette même place s'était si souvent tenue Atan-koï… Se posant sur le dos de sa bête, Sandiane vit un pore s'ouvrir et un tunnel en pente douce l'accueillir. Elle ôta son harnais, le mit en bandoulière et s'engagea entre les parois de chair.

Comme elle insistait auprès de l'Abîme pour qu'elle lui indique où se trouvait sa fille, Mané-jeï éclaira des couloirs de plus en plus profondément pour sa perl. Sandiane descendait vers le ventre de l'animal comme elle le faisait rarement, sauf pour des visites de contrôle approfondies. Bientôt il n'y eut plus qu'une lumière dorée qui sourdait des murs. Elle atteignit enfin un espace plus large. Aëla était là, lovée contre la chair de Mané-jeï. Sandiane regarda sa fille. La petite avait les yeux fermés, la main posée sur une masse translucide à l'intérieur du ventre de l'Abîme. Dans une luminescence rosée, Sandiane vit quelque chose pulser à travers une membrane, comme un profond respir, un battement… de cœur ?

— Aëla… murmura la jeune femme.

La petite fille ouvrit les yeux et tourna la tête.

— Maman, dit-elle en souriant, viens !

Elle avait retrouvé ses habituelles phrases laconiques. Elle tendit la main à sa mère, qui se pencha et s'approcha d'elle.

— Écoute, dit la fillette. Il rêve…

Sandiane fronça les sourcils. Il ? Qui il ? Puis, soudain, la jeune femme comprit. Elle écarquilla les yeux et détailla avec avidité la masse rosée contre laquelle Aëla était appuyée. C'était la matrice de Mané-jeï. Et il y avait une vie à l'intérieur ! Un petit Abîme ! Le fruit merveilleux de l'escapade de Mané-jeï avec Jiukam. Sandiane vit sa fille poser sa main sur l'embryon de Bathy qui grandissait là, bien à l'abri du ventre de sa mère. Et le bébé bougea.

—Je l'ai réveillé, dit la fillette avec des éclats d'amour dans les yeux.

Sandiane fut envahie d'une joie immense. Une osmose prénatale ! C'était encore mille fois plus extraordinaire que ce qu'elle avait vécu avec Mané-jeï ici même, à l'île Creuse, quinze ans plus tôt.

—Je serai perl, maman, dit la fillette.

Sandiane se pencha et la prit dans ses bras, la serrant convulsivement contre elle. Elles restèrent longtemps ainsi, enlacées, appuyées contre Mané-jeï. Enfin, Aëla prit la main de sa mère et la posa à un endroit précis. Les deux mains, la grande et la petite, restèrent unies, et les doigts emmêlés pulsèrent avec ravissement au rythme de la vie qui battait sous eux.

—Je l'ai appelé Jang-al, dit Aëla.

Là-haut, près du promontoire qu'il aimait tant, Corian contemplait le ciel sans l'artifice du télescope. Quelque part dans cette immensité splendide, Jiukam faisait comme lui. L'Abîme tendait tout son être à l'écoute du murmure des étoiles, lui apportant en échos scintillants l'assurance que son perl était en paix. Corian avait le cœur en joie. Aëla lui avait révélé son incroyable osmose avec Jang-al deux jours plus tôt. Au comble de la surprise, il avait d'abord été intensément jaloux, puis absolument enchanté pour son amie. Trois ans de gestation, cinq ans pour devenir adulte… Nul doute que l'Abîme de la petite fée serait exceptionnel. Aëla aurait dix-sept ans lorsque Jang-al s'envolerait en stase pour la première fois.

Une étoile filante traversa le ciel d'Autremer. Corian fit un vœu. Puis il sourit. Il attendrait. Rien ne pressait. Il savait qu'un jour s'ouvrirait à nouveau le chemin des soleils.

Table des matières

L'auteur : Danielle MARTINIGOL

Danielle Martinigol est née en pleine période des vendanges 1949, au cœur des grands vignobles bourguignons. Enseignante depuis 1972, elle quitte la Bourgogne en 1979 pour un poste en région parisienne, dans l'Essonne. Elle y reste dix-huit ans avant de revenir dans le Beaujolais. Elle enseigne désormais à Mâcon.

Fan de science-fiction depuis l'âge de onze ans, elle décide d'écrire – tout d'abord pour ses deux enfants, puis pour ses élèves – un roman de science-fiction sur un thème qui lui est cher, l'écologie : L'Or bleu *(1989). Suivront* Les Soleils de Bali *(1993) et, surtout,* Les Oubliés de Vulcain *(1995) qui rafle un bon nombre de prix – dont les prestigieux Prix de la PEEP et Prix Tam-Tam – et est étudié dans de nombreux collèges.*

En collaboration avec Alain Grousset, sous le pseudonyme de Kim Aldany, elle publie en 1994 Les Mange-Forêts *qui, vu le succès, deviendra la série Kerri et Mégane, puis sous leur double nom,* L'Enfant-Mémoire *(1996).*

Très préoccupée par le devenir de notre planète, Danielle Martinigol a participé aux anthologies « Autres Mondes » : Graines de futurs *(2000) et* Demain la Terre *(2003)*

Les Abîmes d'Autremer *(2001) est un roman dont l'univers et les personnages tiennent particulièrement à cœur à Danielle et qu'elle portait en elle depuis des années. Cédant (avec joie) aux nombreuses demandes de ses lecteurs enthousiastes, elle a décidé d'en faire une trilogie.* L'Envol de l'Abîme *développe le fascinant et sensuel face-à-face entre l'homme et l'animal, et critique avec une joyeuse férocité le monde absurde des* reality show. *En octobre 2005 paraîtra* L'Appel des Abîmes, *troisième tome de la trilogie, qui emmènera nos héros dans une autre galaxie !*

L'illustrateur : MANCHU

Manchu est né en 1956. Le film de Stanley Kubrick 2001, l'Odyssée de l'espace *(1968) et les premiers pas de Neil Armstrong sur la Lune (1969) ont marqué son adolescence. Mais comme il savait mieux se servir d'un crayon que d'une règle à calcul, Manchu est devenu peintre « space art », plutôt que cosmonaute. Il a travaillé pour* Il était une fois... l'espace *(FR 3) et sur le jeu de rôle* L'empire galactique, *collaboré à la revue* Ciel et Espace, *illustré de nombreuses collections de science-fiction (« Le Livre de Poche SF », « Présence du Futur », « Vertige SF », « Lunes d'Encre », etc.) et fait le design de la série* Amenophis IV, *bande dessinée de Dieter et Étienne Le Roux (Delcourt, 2000 et 2002).*

Manchu a fini en beauté le millénaire précédent en exposant à La Maison d'Ailleurs à Yverdon (Suisse) et dans toutes les grandes manifestations SF de l'année 2000 (les Galaxiales à Nancy, Étonnants Voyageurs à Saint-Malo, Utopia à Nantes), et en recevant le Grand Prix de l'Imaginaire 2001. Il inaugure brillamment le troisième millénaire en décrochant le prix Visions du futur, en étant au sommaire de l'édition 2002 du prestigieux album américain Spectrum *et en exposant au château de Tours (été 2003).*

Science (Fiction) *(Delcourt, 2002) est un magnifique livre d'art qui regroupe ses meilleures illustrations, dont certaines couvertures de la collection « Autres Mondes ». Dans la préface, Gérard Klein écrit : « Dans l'art difficile du réalisme impossible, Manchu est certainement l'un des meilleurs, voire le meilleur. »*

L'Envol de l'Abîme *est le quatorzième titre que Manchu illustre pour « Autres Mondes ».*

AUTRES MONDES

Collection dirigée par Denis Guiot
Pour tout lecteur, dès onze ans

Une exploration passionnante de
l'imaginaire de science-fiction :
réalités virtuelles et truquées, planètes lointaines,
rencontres avec des extraterrestres,
mondes parallèles de la *fantasy*,
voyages dans le temps, sociétés futures, *Homo futuris*...

Une invitation à l'aventure, au rêve et à la réflexion
pour les jeunes du troisième millénaire.

« *Un des partis pris de cette nouvelle collection de Mango intitulée* Autres Mondes *et dirigée par Denis Guiot, parfait connaisseur de la science-fiction jeunesse, est de stimuler autant l'imagination que la réflexion.* »
Frédérique Roussel, Libération.

TITRES DÉJÀ PARUS

1. GRAINES DE FUTURS

Anthologie dirigée par Denis Guiot,
préface d'Albert Jacquard

Sept nouvelles pour explorer le XXIe siècle, sept graines de futurs plantées par les meilleurs écrivains de science-fiction pour la jeunesse : Ange, Robert Belfiore, Christian Grenier, Alain Grousset, Jean-Pierre Hubert, Christophe Lambert, Danielle Martinigol et Joëlle Wintrebert

2. LES CENDRES DE LIGNA

par Jean-Pierre Hubert

La planète Ligna toute entière se révolte contre les colons sans scrupule qui l'exploitent.

« [...] *un planète opéra développant une thématique écologique de façon très intelligente et avec une grâce d'écriture peu commune* » (Jacques Baudou, *Le Monde*)

3. L'ŒIL DES DIEUX

par Ange

PRIX ADOS RENNES/ILLE-ET-VILAINE 2001-2002
PRIX J'AI LU, J'ELIS 2001 des Ados de la Ville d'Angers
PRIX PLAISIRS DE LIRE 2002, du département de l'Yonne, catégorie 6e-5^{e}
PRIX ARDEP/Ile-de-France 2001-2002

Âgés de neuf à 14 ans, Mina, Jeff et les autres ont toujours vécu à l'intérieur de la Bulle. Mais celle-ci se déglingue et se transforme en piège mortel.

4. LE SOUFFLE DE MARS
par Christophe Lambert

Mars, année 2121. La colonisation a commencé. Mais sous les sables de la planète rouge est tapie une terrible menace. Un implacable suspense sur lequel plane l'ombre de Lovecraft.

5. LES ABÎMES D'AUTREMER
(Trilogie des Abîmes, tome 1)
par Danielle Martinigol
GRAND PRIX DE L'IMAGINAIRE 2002
PRIX E. LECLERC DU ROMAN JEUNESSE 2002 du Salon de Rueil-Malmaison
PRIX CHRONOS 2003, catégorie 4e-3e
PRIX ALIZÉ des collégiens de Vienne, niveau 4e-3e

Sandiane et son père, grand reporter, sont bien décidés à percer le secret des Abîmes, ces astronefs fabuleux originaires de la farouche planète-océan Autremer.

6. SQUATTEUR DE RÊVE !
par Dany Jeury

Victime d'un grave accident de skate, Thibaut est depuis une semaine dans le coma. Qui est ce punk aux cheveux rouges qui vient squatter son rêve ? Ami ou ennemi ?

« Pour ceux qui aiment rêver et squatter les rêves des autres, ce premier roman à l'écriture simple et d'une grande fraîcheur sera un vrai bonheur. » (www.noosfere.org)

7. LES VISAGES DE L'HUMAIN
Anthologie dirigée par Denis Guiot, préface d'Axel Kahn

Cloné, manipulé génétiquement, transformé en être virtuel ou en cyborg : que sera l'homme de demain ? Six nouvelles décapantes signées Jean-Pierre Andrevon, Fabrice Colin, Christian Grenier, Gudule, Jean-Pierre Hubert et Éric Simard.

8. LES CHIMÈRES DE LA MORT
par Éric Simard
PRIX COMME DANS UN LIVRE 2003
des Ados de Questembert

Généticien de génie, Bran a légué par testament à son frère une étrange créature, fruit de ses recherches interdites : Onyx, une chimère mi-humaine, mi-féline. Quels sont les pouvoirs d'Onyx ?

9. LES ENFANTS DE LA LUNE
par Fabrice Colin
18e GRAND PRIX DES JEUNES LECTEURS
organisé par la PEEP

Paris sous l'Occupation. Deux jours avant Noël, le jeune Adrien reçoit un étrange message destiné en fait à son grand-père, mort il y a plus de dix ans, qui lui demande de venir au secours du mystérieux peuple Annwyn.

10. CLONE CONNEXION
par Christophe Lambert

Spécialisée dans le Web quantique, la Con Amalgam utilise-t-elle illégalement des clones pour se connecter dans l'Intersphère ?

« Prenant, mais pas seulement. Ce roman musclé pose, mine de rien, toutes sortes de questions sur notre société et notre envie de vouloir ressembler aux autres. » (*Okapi*)

11. LES REBELLES DE GANDAHAR

par Jean-Pierre Andrevon

Venant de la Terre mythique, la belle Athna a débarqué sur Tridan et plus rien n'est comme avant dans le paisible royaume de Gandahar. Même le chevalier Sylvin semble envoûté ! Heureusement, la douce Airelle à la peau bleue se rebelle.

12. SA MAJESTÉ DES CLONES

par Jean-Pierre Hubert

Une navette ayant à son bord une vingtaine d'enfants terriens s'écrase sur une planète sauvage, en bordure d'un lagon. Un hommage audacieux et parfaitement réussi au fameux roman de William Golding, *Sa Majesté des mouches*.

13. PROJET OXATAN

par Fabrice Colin

PRIX GAYANT LECTURE 2003 du Salon du Livre de Douai
15e LIVRE D'OR DES JEUNES LECTEURS
(cat. sénior), Valenciennes 2004

Sous la garde de leur gouvernante un peu folle, quatre adolescents vivent reclus dans une grande maison au cœur d'une jungle luxuriante hantée par des ogres. Qui sont ces enfants et quel épouvantable secret cache le projet oXatan ? Un oppressant conte de fées du futur, mêlant manipulations génétiques et peurs ancestrales.

14. SOUVIENS-TOI D'ALAMO !

par Christophe Lambert

Aspirée par un tourbillon temporel, une patrouille de bombardiers de la Seconde Guerre mondiale atterrit le 18 février 1836 à Fort Alamo, peu de temps avant la fameuse bataille. De quoi changer le cours de l'Histoire des États-Unis ! Un surprenant western SF !

15. KAENA, LA PROPHÉTIE

par Pierre Bordage

Axis, le monde-arbre est en danger de mort car sa sève s'épuise. En vain, les dieux sont implorés. Kaena, une jeune fille déterminée, va braver les tabous de sa tribu et se lancer dans un périlleux voyage, jusqu'aux racines d'Axis.

16. ALLERS SIMPLES POUR LE FUTUR

par Christian Grenier

En six nouvelles passionnantes, le monde de demain vu par Christian Grenier : réalité virtuelle, conquête de l'espace, environnement menacé, manipulations génétiques.

17. DEMAIN LA TERRE

Anthologie dirigée par Denis Guiot,
préface de Joël de Rosnay

Quelle planète pour demain ? Pour sauver la Terre, le compte à rebours est commencé ! Cinq nouvelles percutantes signées Jean-Pierre Andrevon, Jean-Pierre Hubert, Christophe Lambert et Danielle Martinigol.

« Un outil de sensibilisation essentiel à l'usage de toutes les générations » (*Lire au collège*)

18. L'ORACLE D'ÉGYPTE

par Éric Simard

Les généticiens de la société Chimerics ont réussi à créer des chimères à l'image des dieux égyptiens. Un surprenant roman plein de suspense qui même manipulations génétiques et les dieux de l'Ancienne Égypte.

19. MISSION BRUME

par Christian Léourier

Héros de l'Union, le glorieux Fergus est porté disparu sur la planète Brume. À la tête d'un commando, sa fille part à sa recherche. Les membres de l'expédition disparaissent les uns après les autres. Quelle horrible menace se cache dans les marais de Brume ? Un grand roman d'aventures exotiques doublé d'une réflexion politique sur le fascisme.

20. CYBERPAN

par Fabrice Colin

GRAND PRIX DE L'IMAGINAIRE 2004

Contaminé par un virus contacté sur le RealWeb, un jeune garçon se prend pour Peter Pan.

Il kidnappe Wendy et vole jusqu'au Pays de Nulle Part, une île artificielle sur laquelle vit le Capitaine Crochet, un savant fou qui mène des expériences odieuses sur les Enfants Perdus. Une lutte impitoyable s'engage. Une brillante et passionnante relecture du chef-d'œuvre de James Barrie.

21. PETIT FRÈRE

par Christophe Lambert

Comment résister lorsqu'on vous propose de « ressusciter » par clonage votre fils mort à l'âge de dix ans ? Un roman d'une brûlante actualité qui dénonce les liens sulfureux entre les sectes et le clonage.

« Ce nouveau roman de Christophe Lambert, à la narration fluide, est donc excellent à plus d'un titre et pourra être apprécié par un public très large et pour différentes raisons. Petit frère *peut se lire comme un roman de science-fiction : un humain meurt et la science*

est à même de le reproduire ; comme un roman d'action : les péripéties y sont nombreuses et le dénouement réussi ; comme une réflexion pour ceux qui veulent aller plus loin sur les méthodes des sectes, l'idéologie néo-nazie et les théories racistes professées par certains groupuscules disséminés un peu partout dans notre monde. » (www.noosfere.org)

22. DANS LES LARMES DE GAÏA

par Nathalie Le Gendre

La Guerre ultime a ravagé la planète, qui s'est révoltée et a noyé l'humanité dans un gigantesque océan de larmes. Seule étincelle de vie, une Archebulle flotte, ballottée au gré des courants. L'abordage d'une terre émergée va permettre à deux adolescents que tout oppose, Natanae et Morphée, de se rencontrer. Ils vont découvrir le mystère qui entoure l'Archebulle, braver les interdits et fuir les menaces qui planent sur leurs têtes.
Un hymne farouche à la liberté, des héros profondément attachants, un premier roman palpitant d'émotion à l'écriture haletante.

« Un roman bouleversant, qui porte le lecteur sur le roulis de cet océan de larmes » (www.critiques-lirejeunesse.com)

23. LES SONNEURS NOIRS

par Jean-Pierre Hubert
Postface de Gilles Servat

La technopole d'Holoss a banni la musique, considérant que cet « art égoïste » a contribué à la grande catastrophe qui a failli détruire notre civilisation. Mais le jeune Joz a une passion : fabriquer des instruments de musique et inventer des mélodies. Considéré comme un rebelle, il devra s'exiler avec ses amis. Un splendide roman d'apprentissage, où l'amour, la musique et la danse débouchent sur la révolte.

« Un régal émotionnel déroutant et passionnant qui se mêle à un fort message politique. Hubert n'hésite pas à interpréter cette chanson littéraire à tendances anarchistes, comme le faisait si bien Léo Ferré, à cracher sa révolte humaine, son indignation et son cri d'alarme. »

(Michaël Espinosa, *www.lefantastique.net*)

24. MÓSA WÒSA

par Nathalie Le Gendre

Début du XXIIe siècle. Profitant du Grand Désordre Climatique qui a désertifié le continent nord-américain et décimé la population, les tribus indiennes ont décidé de renouer avec leurs coutumes. Elles vivent désormais à la manière de leurs ancêtres dans des Oasis miraculeusement épargnées par le cataclysme, tandis que les Blancs s'entassent dans des gigantesques technopoles climatisées.
Cet affrontement de deux civilisations va se cristalliser dans la rencontre entre Mósa, un jeune Indien de l'Oasis Lakota, et Wòsa un jeune punk xénophobe de la TechnoCi-T/4, ce dernier étant le frère jumeau du premier.
Mais Wòsa est-il vraiment ce qu'il pense être ? Atteint d'une maladie incurable, parviendra-t-il, avec l'aide de Stenátliha, la jeune chamane amie de Mósa, à accepter sa Vérité et à retrouver le goût de la vie ?
Un roman intense, vibrant d'émotion, d'une grande richesse psychologique.

« Ce deuxième roman confirme l'impression laissée par Dans les larmes de Gaïa, *à savoir l'apparition d'un auteur de toute première grandeur dans le secteur de la SF pour la jeunesse »*

(Jacques Baudou, *Le Monde*)

25. L'ENVOL DE L'ABÎME
(Trilogie des Abîmes, tome 2)
par Danielle Martinigol

Quinze ans ont passé depuis la révélation du secret des Abîmes d'Autremer. Surgissant de l'inconnu, un Abîme sauvage vient semer le trouble sur la planète Autremer. D'où vient-il ? Qui est-il ? Qui arrivera à être son perl ?
Se situant dans le même univers que *Les Abîmes d'Autremer*, ce roman peut se lire de manière indépendante, même si le lecteur retrouvera avec plaisir des vieilles connaissances comme Sandiane, Mel et leurs fabuleux Abîmes.
Un nouveau voyage spatio-romantique aux limites de l'Univers !

À PARAÎTRE
EN SEPTEMBRE 2004

26. LA LOI DU PLUS BEAU
par Christophe Lambert

Années 2020. Sous la pression accrue des médias, la beauté physique est devenue une valeur incontournable de la société. Les citoyens sont classés sur une échelle allant de 1 à 5. Catégorie 1 : vous êtes très laid(e), donc bon (ne) à jeter à la poubelle. Catégorie 5 : vous êtes beau (belle) comme un dieu (une déesse). Modifications génétiques et chirurgie esthétique sont devenues monnaie courante… dans les milieux favorisés ! Quelle place reste-t-il pour les autres, ceux qui n'ont pas accès à ces (coûteux) artifices ?
Christophe Lambert dénonce la dictature de la beauté et de l'apparence, qui font déjà des ravages à notre époque, en particulier chez les ados. En parallèle, il aborde la question du terrorisme, car comment dire « Non, à la dictature de la beauté », lorsque tous les moyens légaux ont été épuisés ?
Un roman-choc, au rythme trépidant. Du pur Lambert, quoi !

À PARAÎTRE
EN OCTOBRE 2004

27. SPRAGUE
par Rodolphe

Loin dans le temps et dans l'espace, sur une planète étrangère. Un jour, la mer s'est retirée et n'est pas revenue, laissant à sec le port de Sprague. Lassés d'attendre le retour de la mer, les jumeaux Pip et Viv affrètent un navire à roues, le fameux *Tapinoir* commandé par l'impressionnant capitaine aveugle O'Norton, et mettent le cap à l'ouest. Après de multiples péripéties, les jumeaux arrivent au bout de leur quête et découvrent avec stupéfaction qui leur a volé leur mer !
Un roman picaresque, mystérieux et poétique, beau comme un rêve d'aventures.

Impression réalisée sur CAMERON par

BRODARD & TAUPIN

GROUPE CPI

La Flèche
en mai 2004

Imprimé en France
N° d'impression : 23705
Dépôt légal : mai 2004